RETOUR À SALEM

DU MÊME AUTEUR

Variations sauvages,
Robert Laffont, 2003

Leçons particulières,
Robert Laffont, 2005

HÉLÈNE GRIMAUD

RETOUR À SALEM

ALBIN MICHEL

© Éditions Albin Michel, 2013

À mes parents

À Matthias

> *Loin des peuples vivants, errantes, condamnées,*
> *À travers les déserts courez comme les loups ;*
> *Faites votre destin, âmes désordonnées,*
> *Et fuyez l'infini que vous portez en vous !*
>
> Charles Baudelaire, *Les Fleurs du mal*

> *Donc le poète est vraiment voleur de feu.*
> *Il est chargé de l'humanité, des* animaux *même.*
>
> Arthur Rimbaud, *Lettre à Paul Demeny*

> *Retour est la marche qui revient vers la proximité de l'origine.*
>
> Martin Heidegger, *Approche de Hölderlin*

On racontera beaucoup de choses sur mon retour aux loups ; et toutes seront erronées. Pour connaître la vérité, il aurait fallu pousser avec moi la porte de cet obscur magasin à Hambourg – mais j'étais seule ce soir-là. J'avais décidé de me ménager une pause entre les séances de répétition. Je travaillais le *Deuxième concerto* de Brahms, et je voulais purger mon corps de toute la tension physique des exercices au clavier qu'exige cette œuvre aux complications rythmiques infinies, aux soubresauts complexes entre accords massifs et grands écartements, au scherzo fougueux – une musique tempétueuse. Brahms l'avait composée pour qu'elle outrepasse les capacités féminines, et j'avais parfois l'impression d'une lutte acharnée entre moi et le piano, de même que l'œuvre semblait combattre des forces cosmiques, sombres, hantées de battements d'ailes sur un océan dont je humais, à cet instant précis, le parfum lourd, salé et un peu gras.

Dehors, il faisait sombre et brumeux. Après l'étuve de l'auditorium, le choc du froid sur mon visage me fit du bien. Je relevai le col de ma veste. Je serrai les murs pour me protéger des bourrasques de vent et je me mis à marcher, dans un état curieux d'émotion inquiète et constante. Je ne savais à quoi l'imputer, à mon travail ou à l'atmosphère du concerto qui s'insinuait jusque dans cette fin d'après-midi crépusculaire. Je m'étais aventurée au hasard dans la ville, pour errer jusqu'à saturation, avec l'idée d'arrêter un taxi lorsque j'en aurais assez. Le cours de mes idées, le flux des notes sur la partition que je révisais mentalement et que je comparais à une flottille lancée par Brahms sur une mer démontée m'avaient entraînée dans un quartier désert. Je n'étais plus dans une rue marchande, ni même résidentielle, plutôt une de ces artères qui bordent le dédale des entrepôts et des administrations érigées en périphérie des grands ports. Deux siècles plus tôt, Johannes Brahms, enfant, traîné par son père, avait peut-être foulé ces trottoirs pour aller dans les bordels enfumés gagner sa vie en jouant du piano. Mais son évocation, et sa présence tangible qui me hantait toujours lorsque je passais à Hambourg, n'égayèrent en rien mes pas. Je commençais à regretter de n'avoir pas choisi un but de promenade. Il bruinait sur les dalles et les pavés. La succession des halos jaunes projetés par les réverbères et reflétés sur les trottoirs traçait un pointillé lumineux. J'y vis un encouragement à presser l'allure. C'est alors que j'aperçus la fenêtre éclairée d'une vitrine qui crevait le crépuscule et la noire façade d'un immeuble. Quel que fût le fonds de ce magasin, accastillage ou cartes marines – de quoi pouvait-il s'agir d'autre dans ce quartier ? –, j'y entrerais pour demander l'autorisation d'appeler un taxi.

À ma grande surprise, je ne trouvai ni une librairie spécialisée dans la mer, ses côtes, ses balises et ses hauts-fonds, ni un dépôt de pièces détachées pour moteurs marins, ni même une boutique d'articles de pêche, comme la proximité du port m'avait invitée à l'envisager. C'était un bric-à-brac, moitié antiquités, moitié brocante, qui semblait s'ouvrir, depuis l'entrée, en arrière-salles multiples, un labyrinthe de niches où des vestiges des siècles antérieurs s'étaient exilés du temps et des modes. Tous ces objets menaient une vie immobile dans le temps qui passait. Des étagères croulaient sous des vieux papiers, des livres jaunis. Dans la vitrine, quelques statuettes, des jouets d'enfances révolues. Une architecture d'ombre et de lumière s'étageait depuis l'ampoule nue qui pendait au-dessus du comptoir jusqu'aux réserves qui semblaient infinies. Une petite fille, juchée sur un tabouret, faisait ses devoirs. Elle tirait légèrement la langue pour négocier ce qui ressemblait, sur son cahier, à une opération mathématique. Le timbre de la porte ne l'avait pas distraite de son effort. Il faisait doux dans la boutique. La pluie ruisselait sur la vitrine et sur les lettres gothiques qui la décoraient ; à l'envers, elles ressemblaient à des chauves-souris. Je raconte tous ces détails non pour l'importance qu'ils pourraient avoir dans mon aventure, mais pour me départir du sentiment d'irréalité qui m'envahit encore aujourd'hui, chaque fois que je me remémore cet instant particulier. La tombée de la nuit à Hambourg, l'hiver, la petite fille seule, blonde, bleue dans son chandail, rose aux joues dans son effort, et aucun adulte, semblait-il, à proximité. Un de ces moments un peu absurdes, vaguement irréels, vécus comme dans une fièvre légère.

Pour ne pas la déranger, et gênée de ne le faire que pour demander service, j'avais jeté un œil autour de moi afin de trouver une babiole à acheter, ce qui m'autoriserait à téléphoner et à rester jusqu'à l'arrivée de la voiture. De la vaisselle, une horloge dont j'aurais juré qu'à mon arrivée elle indiquait une autre heure, des couverts dépareillés, une lorgnette de marin, une petite clef d'or finement ciselée, des anges de fer et des diables de bois, un grand miroir dans un cadre doré à un prix extravagant qu'expliquait non pas le fait qu'il fût vénitien ni même estampillé par un ébéniste de renom, mais l'affirmation déroutante qu'il était celui d'Alice. À l'encre, sur un bout de papier, on précisait son origine – la vente aux enchères, en 1899 à Guildford, du mobilier de Charles Dodgson. C'est à cet instant-là que se produisit un petit incident qui aurait dû me mettre la puce à l'oreille. Partagée entre l'étonnement – trouver à Hambourg les objets personnels de Lewis Carroll – et l'amusement condescendant de celle qu'on ne gruge pas si facilement, je me penchai vers le miroir, dont le tain évidemment abîmé par les ans dessinait la moire d'un papier à la cuve. Les imperfections brouillaient mon image, et plus encore l'arrière-plan que reflétait la glace. À peine avais-je eu le temps de me reconnaître, que j'entraperçus derrière moi, une fraction de seconde, un monde de neige et de nord, de forêts de sapins noirs et de grands lacs gelés. Je fis un bond en arrière tant l'illusion était parfaite. Je me retournai pour m'assurer qu'une affiche que je n'aurais pas vue exposait ce paysage que j'avais quitté depuis plusieurs années maintenant. Mais rien. Face au miroir, il y avait le mur, des étagères, du bois, du papier, du cuir. Nulle affiche. Je me ressaisis. La petite fille n'avait pas bougé, toujours appliquée à ses devoirs – à peine un regard absent vers moi. Seule l'ampoule électrique, au bout de son fil, balançait imperceptiblement. J'osai un autre coup d'œil au miroir. Derrière mon visage, un peu hagard, tout était à sa place, réplique parfaite de ce qui se trouvait dans mon dos et dont je venais de vérifier la présence. J'avais besoin de repos, sans doute. Mes sens avaient été altérés par l'effort pour maîtriser le flot du concerto.

Je fis un pas en arrière, mal à l'aise, pour échapper au sortilège du miroir, et c'est alors que je butai sur ce qui allait changer ma vie et me conduire au secret bouleversant que je serais amenée à percer ; mais je ne savais rien de tout cela encore. Comment l'aurais-je deviné ? J'étais toujours sous le coup de l'illusion et, pour tout dire, perturbée par l'atmosphère du magasin, qui amplifiait le sentiment d'irréalité dont je souffrais depuis le début de ma promenade. Un court instant, j'eus le sentiment que le lieu tout entier *respirait*. Mais plutôt que de chercher les raisons de ce malaise, je décidai de regagner mon hôtel au plus vite. Je regardai ce sur quoi venait de trébucher mon destin : un gros manuscrit qui, étrangement, gisait à même le sol et dont s'échappaient des partitions de musique. Je ne l'avais pas remarqué lorsque j'étais allée contempler le miroir et, sans m'interroger sur l'incongruité de son emplacement, je me baissai, le ramassai et le mis sous mon bras. J'avais mon alibi pour déranger la petite fille. La somme qu'elle me demanda pour ce paquet de feuilles cartonnées était dérisoire. Je payai et quittai le magasin, sans avoir demandé à téléphoner. Dieu merci, un taxi passait dans la rue déserte.

*

Je n'ai ouvert le paquet que deux jours plus tard. Je ne sais pourquoi, ces feuilles jaunies me mettaient mal à l'aise. Chaque fois que j'avais effleuré le manuscrit, retenu par deux gros élastiques, mon imagination me transportait dans l'étrange boutique et, dans la lumière floue du souvenir, je voyais briller la petite clef d'or, la lorgnette de marin, les diables et les anges, l'horloge folle et le miroir. On avait collé, en guise de couverture, une eau-forte qui représentait une scène si curieuse que ses images hantèrent ma première nuit. En contrebas d'un océan de vagues crêpées, un pianiste, les mains dressées au-dessus du clavier, jetait un regard par-dessus son épaule. Derrière lui, une sirène extatique, les bras levés, seins nus, jouait d'une harpe à tête humaine ; et, j'en eus la conviction, de cette tête d'homme, antique et puissante, émanait le son d'un cor. Sur quoi reposaient ces personnages ? Une barque ? un radeau à la dérive ? Je devinais un ciel boursouflé d'humeurs, de nuées sombres sur la mer zébrée d'écume. J'eus alors l'absolue certitude que cette gravure racontait très exactement le morceau de Brahms que je répétais depuis des jours, à Hambourg. Ce *Deuxième concerto* qui m'avait séduite pour le défi personnel qu'il m'adressait par-dessus les années – il avait été conçu pour qu'aucune pianiste ne puisse l'interpréter, parce que Brahms avait eu les tympans lacérés par une jeune femme qui massacrait son *Premier concerto*. La partition énonçait un drame cosmique et météorologique qui éveillait en moi à la fois la puissance de la mer et les paysages du Grand Nord, blancs d'une neige virginale, phosphorescents sous la lune, horizons de forêts sombres et de lacs gelés d'où s'exhalaient parfois des brouillards fantômes, que je chevauchais en amazone. Jamais une œuvre de Brahms ne m'avait offert un meilleur jeu d'ombre et de lumière que celle-ci, aucune ne me proposerait plus ce paradoxe si subtil d'un dialogue absolument inverti, et qui obligeait, malgré la fougue tempétueuse, rageuse même, à l'interpréter comme de la musique de chambre. À Hambourg, ce concerto me disait combien Brahms était devenu un fragment de la solitude dans laquelle il vivait. Et c'était bien cette musique que la gravure racontait.

Les mains tremblantes, j'ouvris le manuscrit. Un parfum d'algues et d'iode envahit ma chambre tandis que la pluie se mettait à tomber en trombes sur la ville, mouchetant les fenêtres de minuscules méduses, puis très vite s'écrasant en un rideau lourd, qui évoquait, lui aussi, les moires d'un papier à la cuve. Le désordre dans lequel les feuilles avaient été assemblées laissait imaginer un rangement à la hâte. Sur les pages alternaient des partitions parfois couvertes d'eaux-fortes signées d'un certain Max Klinger, des dialogues, des dessins, l'extrait d'un journal et, enfin, deux photos jaunies qui me firent lâcher le paquet. Sur la première, reconnaissable entre tous, tutélaire comme un dieu barbare, l'œil clair et perçant comme celui de ma louve Alawa, je reconnus le visage de Johannes Brahms.

La coïncidence – mais s'agissait-il vraiment de hasard ? – se révélait trop extravagante pour qu'elle ne me choque pas. Je poussai un cri et jetai loin de moi, comme s'il était empoisonné, le manuscrit tout entier. Il s'éparpilla sur la moquette. Ces pages jaunies, ces dessins, ces notes, le parfum qu'ils dégageaient avaient quelque chose d'incongru dans le décor rigoureusement contemporain de ma chambre d'hôtel. Et presque d'attendrissant. Je me ressaisis, ramassai l'ensemble et, enfin, je me résolus à étudier et à classer les documents. Il me fallut une dizaine de jours pour comprendre la nature du trésor que j'avais entre les mains.

Cette première soirée, dans le craquement du ciel au-dessus des plages baltes, des marécages, des landes et du port de Hambourg, je la consacrai à comprendre le lien qui unissait musique et journal, dessins et dialogues, à tenter une chronologie, des rapprochements. De ce puzzle de pages jaunies, que ne quittaient ni le regard de Brahms, ni celui de l'homme sur l'autre cliché, et qui se révéla être Max Klinger, j'avais déduit un premier élément. Ces deux hommes étaient amis ; Johannes

Brahms lui avait dédié ses dernières œuvres, les *Quatre chants sérieux* ; ils avaient échangé une correspondance, chacun selon son mode, selon son art, et ces bribes de récit en allemand, dont je ne saisissais que certains passages, résultaient sans doute de leur entente.

Ce fut tout pour ce premier soir. Je refermai le manuscrit, épuisée et, dans le tambour de la pluie sur les vitres, je me fis la promesse de retourner dans le magasin d'antiquités afin d'enquêter sur l'histoire de ce document. D'où venait-il ? Qui s'en était débarrassé ? Pourquoi me l'avait-on vendu à un prix aussi ridicule ? L'examen minutieux auquel je venais de me livrer avait écarté l'hypothèse de photocopies. Mais alors, comment justifier le prix auquel il m'avait été cédé ? Le propriétaire du magasin était-il à ce point ignorant de la valeur de sa marchandise ? Plus je réfléchissais, plus je me persuadais qu'il y avait là une énigme, et je me jurai de la résoudre en retournant au magasin, si toutefois il m'était possible de le retrouver.

Mais dans la semaine qui suivit, j'oubliai ma résolution, trop occupée par le rébus de textes et de dessins qui me happait tout entière. J'avais demandé à Hans Ingelbrecht, un ami de Hambourg, de traduire pour moi les textes en allemand. En attendant ses pages, je quittais les répétitions avec une hâte fébrile, hantée par les images répondant aux notes, certaine que beaucoup des gravures de Max Klinger *racontaient* ce que je jouais, m'indiquaient même la force et la forme à donner aux mouvements, le travail des motifs ; elles faisaient plus encore : elles soulignaient le paradoxe d'un concerto presque symphonique et pourtant au modulé solitaire de loups sous la lune. La rigueur technique qu'imposait la partition du *Deuxième concerto* ne cédait rien à l'impression de flot maritime de l'ensemble, tel que me le suggérait l'eau-forte. Je saisissais toute la force épique qu'indiquaient à la fois le cor avec le piano dans le premier mouvement et l'image de ce pianiste *embarqué*, de la harpe à tête d'homme, de la sirène en extase sur l'océan renversé par le souffle et l'écume. Je sentais entre tous ces éléments un lien mystérieux et agissant.

Au terme des recherches iconographiques que j'avais entreprises, j'eus la certitude d'avoir mis la main sur la reproduction d'une série de croquis que Max Klinger avait dessinés à même les partitions de Johannes Brahms, qu'il admirait. Il les avait, pour partie, intitulés *Brahmsphantasie*. À cela, rien d'extraordinaire ; en Allemagne du moins, Max Klinger était connu, et plus je feuilletais les dessins épars, pour la plupart des dessins d'animaux dont certains mythologiques, plus j'étais frappée par les similitudes avec l'univers de Brahms, ce génie des nuages noirs, des ciels bas et des buissons mouillés mêlés de brume.

Ce fut lorsque Hans Ingelbrecht me remit la traduction des lettres et des fragments de récit que je pris pleinement conscience de l'importance de ma découverte. Ces textes, joints aux dessins et aux notes, énonçaient des fragments d'histoires, des lambeaux de contes. La lecture des lettres éparses suggérait que leur auteur n'était autre que Johannes Brahms. Cette révélation me stupéfia. Était-ce bien possible ? Je rageais de ne pas comprendre mieux l'allemand. Des noms, des bribes de phrase me sautaient aux yeux, qui me donnaient le vertige. Il était question de contrées, de paysages, de personnages mystérieux que le compositeur semblait avoir connus, ou croisés. Était-ce bien possible ? me répétais-je, vacillante. Je repassais en mémoire ce que j'avais pu lire sur Brahms. Des souvenirs revenaient. Enfant, il dépensait ses quelques sous dans l'achat de romans et de contes. Je me rappelai une page signée de la main de Robert Schumann qui, le premier, avait souligné la puissante évocation de sa musique. Je n'eus aucun mal à retrouver l'extrait. Mes doigts impatients tournèrent les pages des *Mémoires* de Schumann les unes après les autres, jusqu'à ce que je tombe sur celles consacrées à Johannes Brahms : « À peine assis au piano, il commença de nous faire découvrir de merveilleux pays. Il nous entraîna dans des régions de plus en plus enchantées. » Et, quelques lignes plus loin : « Et alors il semblait qu'il y eût, tel un torrent tumultueux, tout réuni en une même cataracte, un pacifique arc-en-ciel brillant au-dessus de ses flots écumants, tandis que des papillons folâtraient sur ses berges et qu'on entendait le chant des rossignols. »

J'étais troublée par ma découverte, mais au fond, pas stupéfaite. Comme des pièces de puzzle, d'autres témoignages me venaient à l'esprit. Le biographe Richard Specht, qui avait entendu bon nombre de ses œuvres dans l'« intimité de la chambre » du compositeur, n'avait-il pas raconté que souvent il jouait comme pour lui-même et « alors murmurait dans sa barbe les propos les plus intéressants » ? Plus je fouillais dans les écrits de ceux qui l'avaient connu, plus les signes se multipliaient. Déjà, les *Quatre ballades op. 10*, qui lui rappelaient « si vivement les heures crépusculaires passées en compagnie de Clara Schumann », il les avait composées à partir d'histoires terribles et sombres, où rêve et méditation invitent celui qui les écoute à dépasser la seule narration de la musique. Je le savais féru de légendes et de brumes fantomatiques. Déjà, c'était vers l'ouest, vers les landes écossaises qu'il avait tendu l'oreille. Il avait retenu cette ballade, *Edwards,* qui narre l'aveu de parricide qu'un fils fait à sa mère. Mon hypothèse, lorsque je l'exposai à Hans, ne le surprit pas. Je n'étais pas la seule à avoir pressenti ce talent de conteur chez Brahms, me dit-il.

«Hermann Hesse raconte le choc qu'il a ressenti lorsque, par-delà la loge du théâtre, aux premières mesures du *Deuxième concerto*, il a aperçu "d'incommensurables profondeurs où passaient les nuages et les brouillards ; des monts et des mers se dessinaient, une plaine mondiale, pareille à un désert, s'étendait au-dessous de nous"...»

Je frémis. Ce que j'avais entrevu dans le miroir de Lewis Carroll me revint en mémoire. Un court instant, je revis, avec une netteté hallucinée, la plaine de neige, le paysage de glace et de loups, et, dans le même temps, les détails de la gravure de Max Klinger, l'océan infini, la profondeur du ciel. Et cette énigmatique forêt vers quoi ma fiévreuse imagination revenait sans cesse, où les loups couraient sous la lune. Je pouvais entrer dans cette forêt, mon corps s'y trouvait chez lui, mais mon esprit restait à la lisière, inquiet, méfiant.

«Où Hermann Hesse a-t-il écrit cela ?»

Sa réponse accrut ma conviction :

«Dans son roman intitulé *Le Loup des steppes*...»

*

C'était Brahms lui-même, l'auteur. J'en fus persuadée lorsque, en bas d'une page qui semblait conclure un récit tronqué – et c'était bien dans le style de Brahms de déchirer, de brûler, de détruire les œuvres qui ne le satisfaisaient pas –, je découvris la signature de Karl Würth. Le pseudonyme de Brahms lorsqu'il écrivait ! Alors je me suis souvenue de la boutique, de la petite fille et de ma résolution d'y retourner.

L'entreprise ne fut pas aisée. J'avais marché longtemps, mais le port, que je croyais proche, s'étendait sur quelque soixante-quinze kilomètres. Je dessinai, sur une carte de Hambourg, le réseau des chemins possibles qui s'ouvrait depuis l'auditorium dont j'étais partie, et une après-midi de liberté, je décidai de le sillonner. Il me fallut deux heures pour retrouver l'avenue déserte. Le soir tombait. Le ciel virait au violet. Le nez collé à la vitre du taxi, je reconnus les bâtiments administratifs, les pavés, les réverbères. Je demandai au chauffeur de me déposer.

Les deux feux arrière disparus, l'artère fut livrée de nouveau à l'atmosphère de solitude et d'abandon qui m'avait oppressée la première fois. Comme si ce quartier, et cette avenue en particulier, étaient des alluvions de l'Elbe, le fragment d'une époque désertée par le temps, mais qui palpitait encore, frémissait encore, tel un poisson qu'un brusque reflux marin aurait déposé sur la grève. Le vent, en bourrasques sauvages, chassait l'odeur d'huître et de graisse de moteur. Un court instant, il me sembla respirer comme un parfum de neige.

À peine le taxi avait-il disparu, que le carré d'une vitrine s'éclairait brusquement. C'était *mon* magasin, à n'en pas douter. J'accélérai et les battements de mon cœur se mirent au diapason de mon pas. Oui, c'était bien là. Les lettres gothiques sur la vitrine poussiéreuse. L'étalage vieillot, les objets dérisoires. Je poussai la porte. Comme la première fois, le timbre éveilla un lointain écho dans le dédale des arrière-salles. Comme la première fois, la petite fille était au comptoir, juchée sur un tabouret, et elle faisait ses devoirs. Je refermai la porte derrière moi et restai quelques secondes immobile sur le seuil, l'attention tendue comme un arc. Tout était exactement identique à ma précédente visite. L'ampoule nue, l'éclairage avare, le silence, la poussière, la petite fille. Je ne sais pourquoi, la contemplation des enfants les plus beaux m'a toujours attristée, mais lorsqu'ils portent sur eux le signe du destin, alors je souffre jusqu'à la révulsion. Et elle le portait. Quelque chose d'étrange la nimbait, une aura, un souffle, à moins que mon imagination déréglée ne m'eût joué des tours. Les yeux qu'elle leva sur moi ne dissipèrent pas mon sentiment – ils étaient si noirs qu'on ne distinguait pas l'iris de la pupille. Très vite, il fut évident qu'elle ne m'apprendrait rien. Elle ne comprenait bien sûr pas un mot d'anglais et ne manifestait aucune réaction à mes quelques mots d'allemand. Était-elle seule ? Quelqu'un viendrait-il la chercher ? Se souvenait-elle de moi ? du manuscrit ? Elle secouait la tête, sans sourire, le regard étrangement fixe, et je compris que notre face-à-face aurait pu durer des heures sans que rien ne se passe. J'aurais pu décider de revenir aux heures où elle devait forcément aller à l'école, mais le cycle de mes répétitions touchait à sa fin. Hans, si je le lui demandais, bien sûr ! Il poserait toutes les questions que soulevait le manuscrit et celle qui m'importait le plus : y avait-il d'autres dessins, d'autres lettres, d'autres récits qui pourraient compléter les pages manquantes ? Mais je refusais de partir avant de renouveler l'expérience du miroir. J'appréhendais de me pencher de nouveau sur la glace, et plus encore ce jour-là, parce que le regard de la petite fille ne me quittait pas des yeux. Je marchai résolument vers la vitrine et, sans marquer de pause, je me regardai. C'était bien moi, et derrière moi, le décor de la boutique. L'image était piquetée par la lèpre du tain, mais aucun reflet inquiétant, aucune irruption de paysages surgis de ma mémoire, de forêt de sapins aux cimes tremblantes dans des ciels de glace. J'étais rassurée, et pourtant, oui, déçue, ou plutôt insatisfaite. Mais je ne pouvais rester pour provoquer, par mon insistance, la vision qui m'avait saisie ici même. Je pris conscience que cet incident proprement fantastique – qu'on mettrait sur le compte d'une hallucination si je le racontais –, s'il m'effrayait quelque peu, me *réjouissait* aussi profondément. Je retrouvais dans ce surgissement fantastique le charme insidieux des peurs de mon enfance, la jubilation des douleurs provoquées et surmontées. Alors je décidai d'acheter ce grand miroir. Je réglai une somme extravagante, donnai l'adresse de livraison. La petite fille sourit enfin. Au moment où je me décidai à partir, elle bondit de son tabouret et prit dans la vitrine la petite clef d'or sur laquelle elle referma ma main avec une force insoupçonnable pour son âge. C'est ainsi que nous nous quittâmes. Je ne la revis jamais.

Récit de Karl Würth

On avait prétendu qu'il était à l'est, quelque part vers l'orient. Avait-il dérivé ? Le magma terrestre avait-il modifié les continents de façon qu'on ne puisse jamais le retrouver ? Avait-on brouillé les cartes de la Genèse pour le protéger ? Moi, je sais où est le Jardin d'Éden. Je l'ai découvert et ce n'était pas à l'est. J'ai franchi ses portes sans le savoir, un jour d'errance où j'étais parti chercher loin quelque consolation à la cruauté du monde. J'avais pris ma besace et je m'étais éloigné vers le nord, avec l'intention de m'y perdre pendant quelques mois. Je voulais me fondre dans les terres du Holstein, qui sont les terres de mes origines et dont les paysages composent mon essence. Ce sont des terres de dissolution, où tout est brouillé, où les contours perdent leurs certitudes, les forêts leurs formes, la mer elle-même sa nature, entre marécages et dunes incertaines, entre pluies ascendantes et lacs fouettés d'orages, où les désirs de solitude fondent aussi. Il fallait cette étendue de désolation pour absorber la mienne. Je comptais sur l'étrangeté de la lumière pour parachever la sensation d'Ailleurs dont j'avais besoin. Le ciel, blafard et nacré comme le creux d'un coquillage, bosselé et strié de lueurs mauves, s'y noue et s'y dénoue parfois en fantasques rubans appelés aurores boréales, et qui signent un crépuscule à perpétuité. Je marchais depuis des jours, zigzaguant entre les tourbières, humant le vent, vers le nord toujours, sans crainte de me perdre ni souci de retour. J'avais fini par atteindre la contrée des légendes, celle du « loup des abeilles », Beowulf, qui mourut dans un combat contre un dragon de feu. Puis j'avais suivi les rives d'un lac étrangement calme. Le vent ne ridait pas ses eaux. Aucun oiseau, pas un poisson. Il y avait un tel silence que je jugeai mon but atteint. Je m'installerai là. Malgré le clair-obscur, je repérai une clairière dans les taillis, légèrement en contrebas d'un accident de terrain, qui me protégerait des bourrasques de vent. J'y dépliai la toile de ma tente, mes deux couvertures. J'allumai un feu pour conjurer la nuit. Je m'allongeai et aussitôt, je m'endormis.

Les premières journées sur ce que j'estimais être mon nouveau territoire, je ne remarquai rien de particulier, occupé à couper du bois et des fougères pour construire un abri en dur, à rouler des galets pour m'assurer un sol sec que je couvris de mousse et de lichen, à m'ouvrir une sente jusqu'au lac où je puisais mon eau douce, glacée et qui craquait presque contre mes dents. J'y jetai quelques lignes, certain d'y prendre mon dîner. Je n'avais jamais été pêcheur, et j'imputai à mon inexpérience de rentrer bredouille. Je ne m'en souciai pas. J'avais des biscuits et de la viande séchée en réserve suffisante pour me nourrir deux semaines, et s'il s'avérait que j'échoue à subvenir à mes besoins, eh bien je rebrousserais chemin.

Ce fut trois jours après mon arrivée que je compris qu'il se passait quelque chose d'anormal autour de moi. Ou plutôt qu'il ne se passait rien, jamais, que le lieu était figé dans une sorte d'immobilité difficile à décrire, aujourd'hui encore. D'habitude, rien ne me réjouit davantage que de tendre l'oreille pour écouter les voix de la nature, ses ensembles musicaux, le vent quand il murmure une berceuse pour endormir le monde, le brame des élans en rut, le craquement des glaces l'hiver, le tapage des oiseaux dans leurs nids, le craquement des taillis sous le passage furtif du renard argenté, l'activité aquatique des castors, cette symphonie inépuisable qui est la conversation des espaces sauvages. Or, dès que l'aube se levait, tout alentour semblait sombrer dans une étrange torpeur, s'ensevelir sous un silence épais comme un linceul, compact, presque assourdissant. Cette même torpeur qui s'emparait de moi dès la nuit tombée et me plongeait dans un coma narcotique. J'avais beau tendre l'oreille, pas un son n'était émis. Je scrutai le ciel, même le vent qui déchirait les nuages en lambeaux de brume n'émettait aucun sifflement, pas même la moindre plainte. Un court instant, j'eus l'horrible pensée que j'étais devenu sourd. Je poussai un cri, un long et puissant cri contre le ciel pour m'entendre. C'était bien ma voix, à peine altérée par l'effroi. Et si je m'entendais de l'intérieur ? depuis mon propre cerveau ? L'affolement me reprit. Je courus jusqu'au lac et j'y jetai, de toutes mes forces, un lourd caillou. Non, le son n'était pas uniquement à l'intérieur de moi. J'avais clairement entendu le *plouf* de la roche dans l'eau, comme j'aurais perçu, si la panique n'avait pas perturbé mes sens, le bruit mat de mes pas sur la terre meuble, ou la masse sur les piquets de bois que j'avais plantés pour soutenir les cordes de mon velum.

Depuis combien de temps ce phénomène durait-il ? Affectait-il toute la région, ou seulement ce coin de landes que je serais bien en peine de situer précisément sur une carte ? Ce mutisme absolu de la nature était-il réel, ou bien mon isolement déréglait-il mon imagination et me poussait-il à interpréter un silence certes profond, mais normal ? Je retins mon souffle et tendis l'oreille pour tenter de percevoir un bruit. Mais rien – ni vent, ni oiseaux, ni présence animale, même ténue, même furtive. Je scrutai le paysage autour de moi. Au loin, à la façon d'une lame d'épée, l'autre rive du lac tombait à pic dans l'eau vert émeraude. Elle n'était qu'enchevêtrements rocheux où s'agrippaient quelques lichens et de faméliques pins noirs, vaguement éclairés par le reflet glauque de l'eau. À l'opposé, c'était une forêt de mélèzes piquetés de bouleaux et d'aulnes ; plus proches, quelques peupliers jaillissaient des taillis. Cette nature léthargique posée sur un sol spongieux exhalait une odeur vaguement pharmaceutique, un parfum posthume de fleurs évanouies.

Et toujours cette absence de bruit. Je voulus en avoir le cœur net. Je revins à mon campement, je pris assez de vivres pour une expédition de deux ou trois jours et enterrai le reste sous un amas de pierres au cas où un ours ou un carcajou aurait surgi et, à cet instant précis, je l'avoue, la présence bien vivante de ces deux animaux, même celle d'un loup, m'aurait enchanté. Puis je me mis en route dans le grand silence, certain que quelques heures suffiraient à dissiper le sortilège. De nouveau, mon cœur pourrait se réjouir des vrilles des pinsons et des moucherolles, des canards plongeurs ou même du cri triste et long des faucons dans le ciel. Ma couverture bien saucissonnée sur mon paquetage, mon fusil en bandoulière et mon bâton ferré en main, je piquai d'un pas vif vers le nord, où se dressait une forêt plus dense que toutes celles que j'avais traversées jusque-là. Je marchai toute la journée. Mais je n'entendais rien. Apparemment, toute vie animale avait déserté les lieux. Et plus j'avançais, plus la sensation d'anormalité grandissait. La taïga tout entière, malgré la présence des arbres, semblait faite d'un humus étrange, qui sécrétait une humeur verte, la mousse suintante d'une décomposition chronique. Malgré les injonctions au calme que je ne cessais de m'adresser, malgré les explications rationnelles que mon cerveau échafaudait pour les épuiser aussitôt – les tourbières toutes proches empêchaient un développement normal de la végétation, ou bien le froid était tombé avec trop de brutalité en ce début d'automne, ou encore il avait trop plu et le sol gorgé d'eau, sous ces latitudes, ne se libérait pas de son humidité –, j'étais de plus en plus oppressé au fur et à mesure que je m'approchais de la lisière de la forêt, *parce que le silence grandissait avec cette proximité.* Mais le silence peut-il grandir ? Cette pensée était incongrue. Et pourtant, elle exprimait avec netteté la réalité. Plus je pénétrais dans le sous-bois, plus le silence devenait physique, comme une présence invisible, un anneau qui m'avait pris pour centre, diminuait de circonférence, me serrait, dense, mat, asphyxiant, et m'étouffait. Mon instinct, mon infaillible instinct, me commandait la vigilance. Il me rappelait que s'il y a des limites au normal, l'anormal n'en connaît aucune.

À l'approche du soir, je décidai de préparer mon campement pour la nuit. Un bouquet de trembles me parut idéal. Je posai mon sac, passai une petite heure à ramasser du bois et allumai un feu. Le claquement de mon briquet, le froufrou des flammes dans l'heure grise, le crépitement du feu, l'écorce des branches de pin qui éclatait sous la chaleur et lançait des jets d'étincelles me procuraient un plaisir inouï. Avec le crépuscule, une brume épaisse montait du sol en volutes qui se confondaient avec la fumée. Jamais mieux que ce soir-là je ne saisirais le rapport intime que les premiers hommes sur terre avaient dû entretenir avec le feu, cet élément qui avait dû calmer leur imagination et leur dispenser un sentiment de sécurité à mesure qu'ils devinaient, dans le monde qui s'opacifiait autour d'eux comme il s'opacifiait autour de moi, la menace des démons, des créatures maléfiques et des bêtes féroces. Foyer : jamais je n'avais compris aussi bien le sens de ce terme. Foyer, les jeux des enfants de Clara, les exercices musicaux de Clara, les interpellations confiantes des uns et des autres, dans la nuit qui efface tout, sauf la pièce où ils se tiennent, indifférents à la béance du ciel. Clara. Mes paupières devinrent lourdes. Je fis un effort surhumain pour rester éveillé, puis pour ne pas m'affaler dans le feu. À peine allongé, je m'endormis comme une pierre.

Une lumière verte, presque phosphorescente, m'éveilla le lendemain. C'était l'aube. Les futaies autour de moi baignaient dans un air glauque et, toujours, cette nappe de silence. Comme les jours précédents, depuis que j'avais jeté l'ancre dans ces lieux, moi qui dormais habituellement d'un sommeil de lièvre, j'avais traversé la nuit dans un état comateux. Jamais je n'avais dormi de cette façon, sans un songe, sans aucune conscience de moi-même, comme si on m'avait exilé de mon corps, et sans aucune sensation de repos. Pour la première fois de ma vie, j'eus le sentiment qu'on pouvait... comment dire... comme *cambrioler* mon corps pendant mon sommeil, ou plutôt, *l'occuper* à mon insu. Mais je ne pouvais vérifier le verrou de mon être comme celui des portes et des fenêtres d'une maison. Et pourtant, je ressentais une menace d'une nature identique à celle de l'homme seul, le soir, dans une grande demeure déserte et ouverte aux quatre vents.

Je jugeai inutile, pour le moment, de pousser plus loin mon cheminement, et je passai la journée à prospecter en cercles de plus en plus larges la clairière où j'avais dormi. Elle m'offrait un sujet d'étude idéal pour découvrir la source des phénomènes étranges qui m'alarmaient. Dans l'après-midi, je tombai sur une rivière sinueuse. Nulle mouche, nulle libellule, nul moucheron à sa surface, jamais le jaillissement du poisson qui échappe à son prédateur. Je trempai la main dans le cours glacé et je bus dans la coupe de ma paume. Je recrachai aussitôt : l'eau avait un goût de croupi – cette odeur de linge macéré et de vase de cimetière. Il m'était impossible de me désaltérer à cette source et je regrettai d'avoir gaspillé, le matin même, celle de ma gourde à me rafraîchir le visage. Au creux des méandres que la poussée des eaux avait taillés dans les berges, le courant et la fonte des neiges avaient fauché de grands mélèzes. Leurs troncs, noirâtres, certains pourrissants, baignaient dans la rivière. Étaient-ils la cause de cette infestation ? Pourquoi me posais-je la question ? Toutes les rivières de la taïga connaissent cette érosion, mais aucune ce goût pestilentiel. Une chose était certaine : je ne consommerais cette eau qu'au risque de m'empoisonner. En me rationnant, je tiendrais deux jours, et ce laps de temps, je décidai de l'occuper à prospecter plus loin, à découvrir l'étendue du maléfice qui chassait toute vie animale de ces lieux.

Je me mis en route sans perdre de temps. D'un pas vif, je piquai vers le nord encore. La forêt autour de moi, si elle épaississait, présentait toujours les mêmes espèces – pins, mélèzes, trembles, aulnes, et aussi des lianes vert-de-gris qui tombaient comme des cordes depuis les plus hautes branches. Ce qui me fit ralentir et regarder de plus près la végétation fut, dans le silence puissant, le bruit de mes pas. Le sol, de plus en plus mou, accusait ma marche avec un bruit de succion. Les racines des arbres cherchaient à échapper à cet humus spongieux. Elles ressortaient de terre, y replongeaient pour en ressortir encore. On aurait dit des nœuds de serpents monstrueux qui luisaient dans la pénombre. Paradoxalement, et bien que le silence fût toujours aussi compact, j'eus l'impression que désormais, une vie végétative pulsait, comme si la forêt tout entière respirait. Non pas de cette brise qui s'élève aux soirs d'été, lorsqu'à la chute du soleil répond la libération des parfums jusque-là pressés en lourdes nappes contre la terre, mais une respiration vivante. Ce n'était pas une métaphore : un léger souffle s'exhalait à intervalles réguliers, comme si je marchais à l'intérieur d'un monstrueux poumon. Ma sensation de malaise ne cessait de s'accroître et, avec elle, celle d'étouffer. L'humidité, à moins que ce ne fût ma sueur, perlait à mon front, mouillait ma barbe et trempait mes cheveux.

Le soir s'annonçait lorsque j'atteignis la lisière de la forêt. Ce fut brutal, quelque chose comme le fond d'une impasse. Une énorme clairière, parfaitement ronde – on aurait dit qu'une main d'homme l'avait taillée un jour et l'entretenait depuis –, s'ouvrit devant moi. Au point le plus septentrional, étirée d'est en ouest, à perte de vue, la barre d'une paroi rocheuse, vertigineuse, si j'en jugeais par les hauteurs qui semblaient ne jamais finir, fermait la forêt, la clairière, et ma marche. Si je n'avais su que la terre était ronde, j'aurais juré d'avoir atteint la fin du monde, tant il semblait impossible qu'il y eût quelque chose au-dessus et au-delà de cette montagne. Elle paraissait se déchiqueter au fur et à mesure de sa poussée vers les nues. Aux pics s'accrochaient des paquets de brume, des fumerolles tourmentées, mais elle persistait à se dresser, à escalader plus férocement le ciel. Sans doute parce qu'il faisait presque nuit, j'eus beau écarquiller les yeux, je ne perçus pas la cime. Et le silence, le terrible silence, semblait plus profond, plus tangible, plus menaçant que partout ailleurs.

J'avançai à découvert dans la clairière que le rayon d'une lune précoce rendait plus mystérieuse encore. Au centre, se dressait un arbre énorme et majestueux, dont je ne reconnus pas l'espèce. Aucune de ses feuilles n'était semblable aux autres, ni de forme, ni de texture. Certaines luisaient comme du métal, d'autres comme du verre. Je voulus m'approcher pour l'étudier, mais ce me fut impossible. Le jour s'était tout à fait enfui et avec la nuit me vint une fois encore l'envie irrépressible de dormir. Je luttai un instant pour me maintenir éveillé. Ce fut peine perdue. J'eus tout juste le temps de m'asseoir, pas même celui de faire du feu, et je m'écroulai, profondément endormi.

Là, le récit s'interrompait. Hans Ingelbrecht n'était pas allé plus loin. Les histoires, les lettres avaient été assemblées sans ordre, m'avait-il écrit de Hambourg, et c'était un gros travail que de retrouver la chronologie de pages qui, la plupart du temps, n'étaient pas numérotées. J'avais envie de connaître la suite et j'espérais qu'il y en aurait une. Je lui envoyai par SMS l'adresse de l'antiquaire. S'il manquait des pages, il les trouverait sans doute dans la boutique, et, avec elles, le destin invraisemblable de ce manuscrit. Il me promit de s'y rendre dans la semaine, pendant la journée pour ne pas risquer de tomber sur la petite fille. Je fus heureuse de n'avoir pas à insister et de trouver chez lui une curiosité égale à la mienne. Cette histoire de Brahms auteur de contes qu'aurait illustrés Max Klinger l'excitait au plus haut point.

En attendant qu'il me communique la suite de sa traduction, je relus plusieurs fois le récit. S'agissait-il d'un roman ? d'une confidence ? d'une histoire que Brahms avait vécue et qu'il n'aurait confiée à personne, sauf au papier ? Cela n'avait rien d'invraisemblable. On connaissait le mutisme du compositeur, son amour pour la solitude, sa difficulté à vivre en groupe. Même aux concerts, il avait du mal à se rendre. Il l'avait écrit à son amie, la cantatrice Antonia Kufferath, qui avait assuré la création de ses *lieder*. Il lui avait dit, d'une façon tout à fait surprenante pour moi qui ai toujours pensé que la musique trouve sa véritable transcendance dans le partage : « La vérité à cacher est que, pour ma part, je n'ai pas d'attirance pour les concerts. Je les crains et je ne les aime pas. » Plusieurs fois, il avait quitté brutalement l'assemblée de ses amis et on ne le revoyait pas des jours durant. Les années qui passaient n'avaient pas amélioré sa réputation d'ours. À l'âge mûr, il avait abandonné les simagrées sentimentales et les nuances. J'aimais chez lui la vérité rugueuse de son être, contre quoi il n'admettait aucune concession. Il savait dire non, ne rien tolérer des intrusions du monde dans le sien et retournait souvent dans la nature accorder son écoute à l'hymne de la création.

Moi aussi, le désir de repartir pour les États-Unis et mon Centre, de retrouver les loups au langage rigoureux, infaillible, dans les derniers replis sauvages de la forêt, me saisissait parfois. Pour me protéger non pas de la cruauté de la vie, comme Brahms le confessait au début de son histoire – d'ailleurs, s'agissait-il d'une confession ou d'une fiction ? – mais peut-être de celle des hommes envers la nature. J'avais découvert, effarée, en regardant un film sur les océans, qu'on mutilait les requins de leurs ailerons lors de pêches industrielles et qu'on les rejetait ensanglantés, tourbillonnant dans l'écume, sans cette nageoire indispensable à leur nage, donc à leur survie. J'avais contemplé avec effroi les images des montagnes de détritus, de continents de déchets dérivant sur l'océan, celles de tortues centenaires à l'estomac étouffé par les sacs en plastique. Ce cataclysme m'atteignait au plus profond, comme s'il m'était personnel, comme s'il s'était agi de membres de ma famille – mais ne l'étaient-ils pas tous, requins et tortues, loups et reptiles ? Un quart de la faune mondiale a disparu durant les trente-cinq dernières années. Chaque année, par la faute de l'homme, un pour cent des espèces animales s'évanouit à jamais. Oui, le désir de retourner auprès des loups me taraudait, ne serait-ce que pour habiter un lieu en parfaite harmonie avec mon état d'âme, avec mon être, avec ce que je n'ai jamais cessé d'être *en vérité*. Un lieu dont l'essence est aussi celle de *l'action*. Où, mieux qu'au cœur du nord du continent américain, dans le comté de Westchester, à Salem, au bout de la ligne Brewster North, puis-je mieux travailler mon piano, le son propre à chaque compositeur, et me préoccuper des urgences écologiques qu'une multitude de signaux, d'articles, de recherches ne cessent de dénoncer ? Ou pourrais-je mieux suivre le conseil que je n'ai cessé de prodiguer autour de moi : « Comme le firent nos ancêtres, il y a deux millions d'années, regardons les loups. Contemplons-les. Haïs parfois, traqués hélas, ils continuent, dans l'absolue liberté de leurs courses et de leurs amours, à nous apprendre ce sens qui se dérobe à nous, qui nous échappe, qui nous effraie et que nous entendons pourtant, certaines nuits de lune, quand ils hurlent sous le ciel : le paradis est ici, là où ils sont ? »

Et puis, si j'avais voulu oublier les pages de Karl Würth, le destin m'en aurait empêchée. Quelques semaines plus tard, au cours d'une tournée en Chine, je tombai sur une histoire dont l'écho avec la sienne m'ébranla. Un voyageur avait abandonné au milieu d'autres magazines une revue scientifique. Je l'ouvris. Il y était question d'un compositeur américain, Bernie Krause, spécialiste de musique électronique. J'avais entendu parler de lui. On m'avait souvent cité son exemple en le comparant à ma propre trajectoire. Il ne s'était pas pris de passion pour les loups, mais pour la symphonie composée par la nature tout entière. À soixante-quatorze ans, devenu docteur en bioacoustique, il avait rendu les conclusions d'années de voyages dans le monde entier, qu'il avait parcouru pour enregistrer les sons qu'émettaient la flore et la faune. Il avait capté plus de quinze mille sons d'espèces animales, sur quelque quatre mille cinq cents heures de bandes. Les découvertes que la technologie lui avait permises, grâce à la sophistication extrême des prises de son, étaient étourdissantes : chaque organisme vivant, du plus petit au plus grand, possédait sa propre signature acoustique. Craquements, stridulations, grincement des dents comme chez le poisson-perroquet, sifflements, grondements... Il avait mesuré la puissance du son et la masse corporelle des animaux qui les émettaient. Il s'était enchanté des dons d'écoute et d'imitation de certains d'entre eux. Il avait enregistré quelques solos dans cette grande symphonie animale. Grâce à lui, on pouvait entendre une orque imiter l'aboiement d'une otarie pour l'attirer et la dévorer, et le brouillage, par leurs battements d'ailes, que les papillons de nuit opèrent pour dérouter les radars des chauves-souris.

Ce soir-là, à Pékin, je lus ces informations avec délectation, quoique un peu machinalement, à cause de cette distance que donnent la fatigue et la retombée de la tension extrême que provoque un concert. Les phrases de Bernie Krause opéraient sur moi comme une berceuse. Elles me désintoxiquaient du décalage horaire, de la pollution de la ville, de tous les compromis qu'un musicien en tournée est contraint de concéder aux aléas du voyage. Il évoquait les grenouilles arboricoles du Pacifique et leur duo savamment orchestré en fréquences acoustiques ; les paysages sonores rigoureusement ordonnés du Kenya, où les insectes tissent la toile de fond, où chaque oiseau occupe un espace de la partition et les grands félins d'autres niches, et tout autant les serpents et les singes. Et puis je tombai sur ces lignes : « Chaque forêt, qu'elle soit tempérée ou tropicale, génère sa propre signature de sons. Elle est une expression organisée immédiate des insectes, des reptiles, des amphibiens, des oiseaux et des mammifères. C'est une voix naturelle et collective, celle du grand orchestre animal. Il n'est pas une forêt qui n'ait la sienne. » Je sursautai. Je relus la dernière phrase. « *Il n'est pas une forêt qui n'ait une voix.* » J'étais fatiguée, certes, et à mille lieues de l'atmosphère de Hambourg et de l'univers de Brahms. J'avais joué ce soir-là le *Cinquième concerto* de Beethoven, mais comment ne pas établir un lien avec le récit de Karl Würth, avec le silence énigmatique de sa forêt ?

L'attention aiguisée, je continuai ma lecture. Je lus, les yeux agrandis de stupéfaction, la déclaration de Bernie Krause à un journaliste : « Il y a près de cinquante ans, mes parents nous avaient emmenés, ma sœur et moi-même, en vacances dans le parc national de Yellowstone, près d'une large vallée couverte de neige, à l'abri de tout parasitage humain. Le calme était ponctué par les vocalises des corbeaux, des geais, des pies, des alouettes hausse-col et des élans. Je me souviens encore, avec le chant des oiseaux, du murmure des ruisseaux et de la brise légère qui soufflait dans la cime des conifères. Je suis retourné au même endroit en 2002. La magie avait disparu, anéantie par les bruits des moteurs et le smog. » Et, un peu plus loin : « La triste vérité est que près de cinquante pour cent des habitats figurant dans mes archives récoltées au cours de ces quarante-cinq dernières années sont désormais si gravement dégradés que beaucoup de ces paysages sonores naturels, naguère si riches, ne peuvent plus être entendus aujourd'hui, même approximativement, sous leur forme d'origine. »

Je frissonnai. Puis je repris le récit signé Karl Würth avec, en surimpression sur ma rétine, les déclarations de Bernie Krause. J'eus brusquement le sentiment qu'une échelle reliait les deux mondes, qu'un pont était jeté par-dessus les années et les continents, que tout basculait, s'inversait, comme dans la traversée du miroir d'Alice. Je ne connaissais pas la fin de l'histoire signée Würth, mais une idée, absurde, saugrenue, s'imposa à moi. Et si Brahms avait été prophétique ? et s'il avait envisagé ce prodigieux retournement ? Si, au lieu de purifier les maisons et les ciels, d'ordonner les mues des étoiles, d'oxygéner les terres, les forêts opéraient une revanche, et désormais nous *contaminaient* ?

Mais n'avions-nous pas tout fait pour que cette révolution ait lieu ? pour que la nature se venge enfin de l'agression brutale que nous lui infligeons ? et qui a trouvé son raffinement dans un niveau supérieur de barbarie ? L'idée était folle, je le savais, et semblait absurde, mais elle ne me lâchait pas. Le constat de Bernie Krause me hantait. Il affirmait que notre cacophonie perturbe ou, bien pire, détruit la nature elle-même. Il démontrait que le bruit humain affaiblit le système immunitaire des mammifères et des poissons, qu'il réduit leur résistance à la maladie en accroissant de façon alarmante, à cause de la terreur que nous leur infligeons, leur production d'hormones. Dans les cas les plus graves, lorsque leur seuil de tolérance est dépassé, le stress leur est fatal. Nombreuses sont les espèces de baleines et de phoques qui s'échouent d'elles-mêmes pour mourir.

Je découpai avec soin l'article. Une fois encore, je m'interrogeai sur l'essence de ce qu'on appelle le hasard, cette providence qui avait mené mes pas dans un quartier improbable de Hambourg, fait pousser la porte d'un antiquaire, moi qui pratique l'extrême dépouillement dans la décoration de mes lieux de vie, le hasard encore qui plaçait dans la chambre d'un hôtel de Pékin, entre tous les hôtels, entre toutes les chambres, une revue dont le sujet me ramenait, par un raccourci vertigineux, à un récit trouvé justement chez cet antiquaire de Hambourg. Et encore : un récit qui faisait le lien tout à fait singulier entre l'écologie et la musique, et annonçait que le monde, flore et faune ensemble, composait une symphonie, non pas improvisée mais accordée, comme si de tout temps une partition cosmique présidait à l'harmonie générale, à l'éclosion des fleurs et des œufs, à l'épanouissement des feuilles et des amours, à l'opulence de la mort nourricière. Quelques phrases de l'article me frappèrent, parce qu'elles opéraient en moi quelque chose de l'ordre de la révélation, une sorte d'apocalypse : « Une équipe de *Purdue University* dans l'Indiana, avec d'autres scientifiques, a apporté la preuve de cette théorie d'une partition générale. Elle s'est consacrée à l'étude "holistique" des paysages sonores plutôt qu'à ces enregistrements fragmentaires limités à chaque espèce qu'on utilisait jusque-là. Or cette méthode revenait à tenter de comprendre la *Cinquième symphonie* de Beethoven en isolant la voix d'un seul violon sans entendre le reste de l'orchestre. »

Ainsi, la création tout entière joue une musique qui la maintient en vie, par quoi elle s'auto-enfante ! Ainsi, elle est en train de renoncer à la jouer ! La nature s'enferme peu à peu dans un mutisme suicidaire ! Est-il envisageable que bientôt nous n'entendrons plus que la cacophonie de nos activités industrielles, le déchirement des moteurs, le ferraillement des grues et des marteaux-piqueurs, des bulldozers et de la dynamite, les termites de fer lancés à l'assaut des sous-sols africains, la plainte des arbres fauchés sur les terres rouges d'Amazonie, au Canada, en Sibérie et sous toutes ces latitudes où jusque-là l'espace, le froid intense et les loups protégeaient la planète des agressions humaines ? Les prophètes les plus apocalyptiques de la Bible eux-mêmes n'ont pas envisagé cette hypothèse. Je me souvins de celles d'Isaïe, que je répétais, enfant, jusqu'à l'étourdissement : « Ce sera le lit du dragon et le pâturage des autruches. Les démons y rencontreront les onocentaures et les satyres velus s'appelleront les uns les autres. Les spectres y feront leurs demeures et y trouveront leur repos. » Je louai l'habitude des chaînes d'hôtel américaines qui glissent toujours une bible dans la table de chevet. Je retrouvai sans peine ces phrases et je les relus plusieurs fois. Et alors, d'un seul coup, les croquis que Max Klinger avait dessinés sur les partitions des *Fantaisies* de Brahms me revinrent en mémoire. N'était-il pas question, sur ces dessins, de centaures, de nymphes et de sirènes, de créatures mythiques s'ébattant au milieu de paysages déchiquetés ? Les notes de musique ne s'envolaient-elles pas, transformées en oiseaux ? Les images à la fois oniriques et bizarres de ce peintre nerveux dépeignaient-elles des rêves, autant de tableaux ouvrant sur les désirs et les pulsions cachés dans le labyrinthe de l'inconscient, ou au contraire, exigeaient-elles d'être regardées comme des prophéties ? Je frémis, tant l'idée me parut lumineuse. Klinger n'avait-il pas, dans ces *Brahmsphantasie,* illustré l'enlèvement de Prométhée ? Il avait dessiné la scène de façon si explicite, avais-je découvert dans les recherches que j'avais menées après mon passage à Hambourg, que le peintre De Chirico lui-même, qui l'admirait, l'avait décrite pour souligner combien *elle n'avait rien de mythologique.* Selon lui, elle avait réellement existé, et ne cessait de se reproduire. Rien de trouble, rien qui se perde dans les brumes de l'imaginaire n'apparaissait sur l'eau-forte pas plus que dans la musique de Brahms, mais, au contraire, le plus exact réalisme jusque dans les moindres détails. Au-dessus de la mer que striait un réseau d'écume, Prométhée, enlevé par Mercure et par l'aigle de Jupiter, était transporté comme un blessé ou un malade. « L'effort réaliste qui tend les trois personnages composant le groupe y est évident, ainsi le mouvement d'ailes de l'oiseau, contraint à voler contre le vent et alourdi par sa charge, avait souligné De Chirico. Prométhée s'accrochait désespérément aux pattes de l'aigle alors que s'effeuillait la couronne de laurier que les hommes lui avaient remise en récompense du feu dérobé. Voyez-vous l'émotion de cet étrange voyage ? »

Je fouillai dans mon sac pour en sortir le dossier dans

lequel j'avais rangé les photocopies de mes découvertes hambourgeoises et, du dossier, la liasse des lithographies. Je la voyais, assurément, cette émotion. Je voyais toute la symbolique de l'homme puni par les dieux pour leur avoir volé un secret – ce secret de la matière, cette science que nous retournons désormais contre eux, contre leur Création, contre ce surgissement des merveilles qu'est la Planète bleue dans le vide abyssal de l'espace –, stérile de toute musique, de toute note, du moindre son. J'identifiais Johannes Brahms sur ce croquis de Max Klinger, où un artiste mélancolique, allongé sur une terrasse au soleil et dans la roue du temps, sombrait dans la douleur toujours lancinante que les ans impriment à un amour perdu. C'était moi aussi, c'était vous, dans l'absence mordante du paradis, dans la perte des splendeurs de notre monde, dont nous savons tous que nous en effaçons les traces jour après jour. Karl Würth annonçait, dès les premières lignes de son récit, qu'il avait retrouvé le paradis. Mais quel paradis ? Quel beau jardin, quel Éden avait-il donc découvert en traversant d'abord la pestilence de sa forêt malade ?

*

« Sais-tu, me dit Hans Ingelbrecht au téléphone, qu'au début du siècle de Brahms, Schubert a écrit un

livre, *Aspects nocturnes de la Nature,* où il prétend que les puissances du mal se manifestent plus fortement dès que l'homme tente de se réconcilier avec elle ?
– Schubert, le compositeur ?
– Mais non ! Pas Franz Schubert ! Gotthilf Heinrich von Schubert ! Et je trouve l'homonymie bien singulière, après tout ce que tu m'as raconté. En amoureuse des romantiques allemands, tu devrais savoir que ce philosophe a beaucoup marqué Hoffmann. Il s'est inspiré de lui pour ses contes. Le début du récit que tu m'as lu m'a rappelé son univers. »

Hans était un écologiste convaincu, voire radical. Quand je le taquinais sur son intégrisme en la matière – tri des déchets ménagers, compost, recyclage de l'eau, capteurs solaires –, il me demandait quel sens cela aurait d'être écologiste mais pas pratiquant. Il m'expliqua que ce Schubert avait voulu reconnecter la Terre à l'activité cosmique des galaxies. Il croyait en un « esprit vital créateur » qui ne se repose jamais et trouve son accomplissement ultime dans la vie elle-même.

« Il a été le premier à évoquer, en utilisant d'autres mots, le "sentiment océanique", dont tu as si souvent fait l'expérience, m'as-tu dit. Tu sais, ce sentiment d'étrangeté que provoque notre présence au monde, mélangé à cette délicieuse angoisse que tu m'as avoué éprouver la nuit, lorsque tu contemples l'immensité du ciel et la terrible indifférence des étoiles. Pour Schubert, qui a inventé la *Naturphilosophie*, cette sensation nous est communiquée par la Terre à laquelle nous appartenons organiquement. Quant à notre âme, poreuse à la nature, elle est nourrie par elle. »

Cette idée me séduisait. Je priai Hans de m'en dire davantage. Il m'expliqua les vues de l'inventeur de la *Naturphilosophie,* selon qui deux forces conduisent notre destinée : la gravité qui nous retient à la Terre, et la force magnétique qui provoque le sentiment de sympathie entre les êtres ainsi que la conviction d'être tous unis à la totalité de la Création. C'est de notre séparation originelle avec la nature maternelle que seraient nés tous nos maux et toutes nos angoisses.

« Quant au magnétisme animal, le magnétisme des êtres vivants, il ne serait autre que ce *Kuss der ganzen Welt,* ce baiser du monde entier, qui unit la science et la poésie, la matière et l'esprit, la conscience et l'inconscient. Et devine qui le célèbre ? Ludwig van Beethoven, dans sa *Neuvième symphonie* ! Quelle nouvelle coïncidence, non ? »

Longtemps après que j'eus raccroché, je réfléchis à ce que Hans venait de raconter sur l'unité indissoluble de la matière et de l'esprit. Longtemps, les romantiques allemands ont énoncé ce principe qui veut que la nature soit l'esprit visible, et l'esprit, la nature invisible. Ont-ils été visionnaires ? Sommes-nous liés à ce point à la Création tout entière, que nous ressentons, dans notre esprit, par une sorte de malaise diffus, de *dépression chronique*, les souffrances que nous lui infligeons ?

Comme tous les gens que je rencontrais, je n'échappais pas à ce sentiment d'inquiétude, ce sentiment d'imminence d'une catastrophe. Pouvais-je ignorer qu'il était effectivement apparu avec le développement de la technique ? Le progrès nous apportait un confort indiscutable, mais il nous coupait chaque jour davantage de nos racines – la nature. Si notre âme était poreuse, comme l'affirmait ce Gotthilf von Schubert, alors le monde moderne l'avait étanchéifiée. Je me rappelai brusquement ma conversation avec de jeunes New-Yorkais qui avaient monté une association pour réintroduire la nature dans la ville. Dans cette mégapole du business et du rendement, il avait fallu se rendre à l'évidence, m'avaient-ils expliqué : la ville étouffait d'avoir étouffé la nature. Elle avait été contrainte d'ouvrir ses vannes à la chlorophylle. Ironie du destin, dans un de ces retournements qui me réjouissaient toujours, New York avait utilisé, pour ce faire, l'instrument même du commerce et de l'industrialisation à outrance qui avait permis sa fortune : le train. La High Line, cette voie ferrée réservée aux marchandises depuis l'Hudson River sur la 34e Rue au Meatpacking District, est devenue un jardin. Celle qu'on appelait *The Death Avenue*, l'avenue morte, s'est faite promenade de verdure : un fleuve immobile et végétal, un boulevard sauvage d'herbes folles et de taillis, d'où s'envolent l'été des buissons de sauterelles. Une percée inouïe d'arbres hauts, denses, où quelques véritables coyotes s'aventurent désormais. Où des enfants sont invités à reconnaître enfin le rythme des saisons dans les bourgeons des arbres et le chant des merles. Tout enfant recommence le monde, jusqu'à un certain point ; de là, son besoin de rester dehors. À New York, on voit désormais des jardins renaître sur les friches industrielles ; des bénévoles apporter des plants d'arbres disparus et des colonies de coccinelles, sans autre but que le bonheur de retrouver, dans ces parcelles de verdure, l'enfance de l'humanité.

Hans, New York, Schubert, notre conversation, tout me rappelait ce qu'un jour Nietzsche avait écrit à son collègue Franz Overbeck : « Le meilleur, l'essentiel, ne peut se communiquer que d'un être humain à un autre. Il ne peut ni ne doit être rendu public. Observant sa frustration, les animaux avec qui il converse invitent Zarathoustra à abandonner la parole. Il doit apprendre à chanter, comme le fit Socrate à l'heure de sa mort. Dans l'idéal, le penseur doit danser ce qu'il veut dire. »

Ou bien encore, peut-être, le mettre en musique ?

Suite du récit de Karl Würth

Je manquais de nourriture et surtout d'eau pour rester longtemps dans cette clairière, mais ce ne fut pas la raison pour laquelle je la quittai. À midi, le lendemain de mon irruption dans ce lieu étrange, je décidai de rebrousser chemin. Certes, je me jurai d'y revenir. J'en avais désormais la conviction, c'était ici que résidait la clef de l'énigme. C'était dans cette carrière, et à partir d'elle, que la nappe mortifère s'étendait et contaminait le reste de la forêt. Ici, l'intensité du silence, le pourrissement du végétal, l'odeur nauséabonde, les vapeurs qui montaient du sol, tout était amplifié au point de n'être plus supportable. Je m'étais réveillé d'un coup, comme au sortir d'une ivresse mortelle, sans souvenir de ma nuit ni même conscience d'avoir dormi. J'avais rouvert les yeux aussi brutalement que je les avais fermés la veille, et je m'étais retrouvé trempé, prostré, le corps lové dans une mousse humide. Autour de moi, il semblait que la végétation eût profité de la nuit pour déferler, dans une luxuriance furieuse. Le ciel lui-même paraissait fondre dans une humeur verte, moite et suante. Lorsque j'écris que toute demeure était impossible, il ne s'agit pas d'exprimer un état d'âme. Le lieu tout entier, au fil des heures matinales, avait mis en œuvre toutes ses forces pour me chasser. On croira sans doute que je divague, ou que la solitude dans ces contrées extrêmes avait paralysé mon sens critique. Et pourtant, rien de ce que je consigne n'est déformé ni romancé. Je me levai donc, en suffoquant. La veille, je n'avais pas eu le temps de m'ensevelir sous mes peaux et mes couvertures, et j'aurais dû mourir de froid, or je n'avais même pas l'onglée. Dans cet Arctique d'une pureté impitoyable, seuls les êtres les plus adaptés aux gels extrêmes, aux blizzards coupants comme des rasoirs, à ce linceul qu'est la neige en abondance, qui escamote sous son manteau les pièges des crevasses, les lézardes dans la glace des lacs, les accidents mortels du terrain, ceux-là seuls peuvent survivre. C'était la fin de l'été et la neige n'était pas encore tombée, mais le froid sévissait déjà lorsque je m'étais mis en route pour mon échappée. Il m'avait assailli partout sur mon chemin, sauf ici. Jamais, même au cœur d'août, même au plus fort d'un été caniculaire, la taïga ne pourrait connaître le climat qui régnait dans la clairière. Il faisait froid, oui, mais, paradoxalement, la moiteur lourde de l'air ressemblait aux climats que décrivent les voyageurs de retour des tropiques. Or cette moiteur n'avait cessé de s'intensifier, au point que je finissais par avoir l'impression de respirer de l'eau.

Ma première pensée, lorsque je m'étais éveillé, avait été d'aller inspecter l'arbre. Il était plus grand encore que ce que l'obscurité m'avait permis de deviner. Aucun mélèze, aucun chêne, aucun sapin n'avait jamais, à ma connaissance, atteint une taille pareille. Je ne pouvais en apercevoir la cime, soit que l'enchevêtrement des branches me l'ait masquée, soit que j'aie manqué de recul pour évaluer sa hauteur. L'arbre semblait se perdre dans le ciel, tout comme la barrière montagneuse qui se dressait derrière lui. Ses premières branches étaient trop hautes pour que je puisse saisir l'une des feuilles qu'elles portaient. Je n'avais pourtant pas rêvé : aucune n'avait la même forme, ni n'avait l'air de la même texture. Aucune, même, ne paraissait appartenir au monde végétal. Depuis le sol, on aurait dit du métal, ou du verre, ou même de la pierre. Rien de leurs géométries incongrues ne m'était davantage familier – triangles parfaits, cercles, pentagones, ovales, carrés. S'il y avait eu du vent, j'en étais persuadé, ce qui ressemblait à des feuilles aurait émis un son métallique. Mais aucun souffle n'allégeait l'atmosphère ni ne dissipait la moiteur grandissante. Avec elle, l'odeur d'eau croupie se dilatait. J'avais l'impression physique qu'elle m'envahissait moi aussi, non seulement mes cheveux ou les poils de ma barbe, la laine de mon manteau, mais les pores de ma peau, mes narines, le moindre de mes vaisseaux sanguins. J'eus l'horrible impression que la pestilence battait à mes tempes. Elle montait du sol, et le sol semblait pomper toutes les matières cadavériques qui se décomposaient en lui, tout le pus et toutes les chairs gangrenées depuis la nuit des temps, pour les rejeter dans l'air. Je tâtai le tronc, d'une énorme circonférence, avec l'espoir d'y trouver des points d'appui pour grimper dans l'arbre et cueillir les mystérieuses feuilles. Mais je retirai vivement la main. L'écorce avait bougé. Je fis un pas en arrière, abasourdi. Était-il envisageable que l'arbre soit vivant ? qu'il respirât ? Une onde de terreur m'envahit, et mes cheveux se dressèrent sur ma tête. Je m'écartai vivement de quelques pas, saisi de nouveau par l'intensité du silence, de l'air, par une tension tangible. Et soudain, je compris : l'arbre ne respirait pas, il n'était pas le poumon de la forêt, il en était le cœur. Il imprimait à la forêt alentour, à l'humus, le battement d'un pouls, comme une respiration, mais sans air, sauf à l'absorber. La tête me tournait un peu. Un léger vertige me fit tituber, ce vertige qui saisit lorsqu'on reste trop longtemps le nez en l'air, à contempler l'exil des nuages.

Bien que l'air devînt de plus en plus irrespirable, acide, je tentai encore une excursion vers la montagne qui barrait tout l'horizon et se perdait, de chaque côté, dans un bois dense et sombre.

Si je parvenais à grimper d'une roche sur l'autre, non pour franchir la cime, mais pour prendre suffisamment de hauteur afin d'embrasser l'arbre tout entier de mon regard, alors je comprendrais peut-être mieux le cercle parfait de la clairière, la nature des feuilles, sa connexion intime avec les autres arbres et les herbes alentour. Mais la pierre ruisselait d'une eau glacée et d'une mousse visqueuse qui interdisait toute escalade. Je tentai dix fois de monter, et dix fois mes pieds et mes mains me trahirent. Je glissai et retombai sur le sol. Je compris qu'en m'obstinant je n'obtiendrais pas d'autre résultat qu'une blessure, ou la mort, et là encore, je renonçai.

J'évaluai à une trentaine de minutes le temps qu'avaient duré mes tentatives, mais lorsque je revins vers l'arbre, et bien qu'il fût midi, la vapeur qui montait de la terre s'était transformée en brouillard profond et brûlant d'une irrespirable chimie. Mes poumons s'embrasaient. Mes yeux me piquaient, ma peau elle-même cuisait sous une morsure incompréhensible. J'en fus soudain persuadé : le lieu tout entier me chassait. Je ramassai mon paquetage à la hâte et plaquai une laine sur mon visage pour inspirer le moins d'air possible dans ma fuite, déterminé malgré tout à revenir.

Au moment de franchir la lisière de la forêt, je jetai un coup d'œil par-dessus mon épaule. Dans l'épaisseur du brouillard, je vis toutes les feuilles de l'arbre luire comme des phosphorescences. Leur configuration me sembla si familière que je m'immobilisai et fixai le feuillage de toutes mes forces, malgré la brûlure de mes prunelles. Et, brusquement, je compris pourquoi j'éprouvais ce sentiment de familiarité, de *déjà vu* en les contemplant : ensemble, les feuilles reproduisaient exactement la carte du ciel et des galaxies.

Je laissai tomber le dernier feuillet et j'enfilai un chandail. Le récit de Karl Würth, alias Johannes Brahms, m'avait glacée. Comme si l'humidité qu'il décrivait dans ces lignes avait fini par me pénétrer. Il n'y avait plus de mystère désormais, ou plutôt, il y en avait un, bien plus énorme : la fin de cette partie traduite et transmise par Hans ne laissait aucun doute. D'ailleurs, Brahms l'avait annoncé d'emblée en commençant son histoire. Je relus ses phrases : « Moi, je sais où est le Jardin d'Éden. Je l'ai découvert et ce n'était pas à l'est. J'ai franchi ses portes sans le savoir, un jour d'errance où j'étais parti chercher loin quelque consolation à la cruauté du monde. » Ainsi, il disait avoir retrouvé le Jardin du Paradis. Si, dans un premier temps, la description de cette taïga livrée au silence ne prédisposait pas à croire qu'il l'avait découvert lors de cette excursion, ses dernières lignes étaient éclairantes.

Comment douter que l'arbre irréel de la clairière soit celui de la Connaissance ? l'arbre même du Bien et du Mal ?

Un instant, l'idée m'effleura que le récit n'était pas un conte. Brahms avait-il réellement vécu cette aventure ? L'hypothèse donnait le vertige et, très vite, ma raison balaya cette ahurissante supposition. Brahms, pour remercier son ami Max Klinger de ses dessins, avait sans doute imaginé de mettre en mots ce qu'il avait déjà suggéré en musique. Enfant, son amour pour les livres était de notoriété publique. Il avait une prédilection pour les voyages et les vagabondages de la pensée, que des auteurs comme Eichendorff, Hoffmann ou Tieck, ou même Bernardin de Saint-Pierre, avaient encouragée. De Joseph von Eichendorff, il avait dévoré les *Scènes de la vie d'un propre à rien*, où un jeune homme absolument *romantique* part à pied faire un tour d'Europe, afin de guérir des affres d'un amour impossible. Mais aussi, mais surtout devrais-je dire, ses *Contes de fées et sagas de Haute-Silésie*, une terre de mots où fleurit une nature étrange, où s'ébattent gnomes et fées et toutes les créatures mythiques que l'âme allemande a engendrées dans les plis de ses légendes populaires. Quand il avait lu Eichendorff, encore adolescent, Brahms ignorait qu'au même moment, Robert Schumann mettait en musique les poésies de cet auteur ; Hugo Wolf le ferait lui aussi, quelques années plus tard, tant les métamorphoses de la nature et de ses esprits ranimaient un âge d'or de l'âme allemande. J'allais bientôt découvrir, en lisant la suite de ces cahiers étranges, comment le filet se resserrerait encore autour de Brahms, de la nature, de Klinger, de Hugo Wolf, des loups et de moi-même, et d'une façon si puissante que je pourrais douter de ma raison. Mais n'anticipons pas.

Je continuai de m'interroger sur les sources d'inspiration de Brahms, lorsqu'il avait composé ce récit. Brahms aimait aussi Hoffmann et ses contes fantastiques, et c'est d'ailleurs à E.T.A. Hoffmann qu'il emprunta son autre pseudonyme, celui dont il signait ses premières partitions – Johannes Kreisler, Jun. –, du nom du compositeur à moitié fou créé par l'auteur du *Chat Murr*. Riche de ce monde féerique, il partait souvent, un livre à la main, à l'imitation de son propre père, flâner sous les hêtres du Sachsenwald ou sur le chemin de halage qui longeait la rive droite de l'Elbe, depuis Hambourg jusqu'aux camaïeux de gris et de vert de la mer Baltique. Depuis qu'il avait, à quatorze ans, bénéficié des largesses d'Adolf Giesemann, un amateur de musique propriétaire d'une petite ferme et d'une petite demoiselle Lischen, Johannes Brahms s'échappait souvent dans la nature. Il disparaissait des après-midi entières dans les creux les plus secrets de la campagne. Il a raconté lui-même ses séances de travail musical – il emportait toujours avec lui son clavier muet – au pied d'un arbre, le long d'une haie, sur la crête d'une colline, où le rire des mouettes répondait aux chants des pinsons. Jamais le jeune Johannes ne s'éloignait de la ferme sans s'assurer qu'il avait son carnet avec lui. Dans ses pages, il notait ses sensations, les idées qui lui passaient par la tête, quelques vers qui lui revenaient en mémoire ou qu'il improvisait et, plus souvent, des lignes mélodiques qui succédaient à la musique des poésies qui l'habitaient. Ses amis s'étonnaient de l'absorption totale de son âme dans la nature, au point que jamais il ne put trouver la pluie triste. Lorsqu'il pleuvait, il découvrait dans le paysage une autre espèce de beauté qu'il faisait ressurgir plus tard, dans ses *lieder*. Ces dons de lecture des nuages et de contemplation témoignaient de la prédisposition du compositeur à l'imaginaire, à la création d'un monde parallèle, plus riche, plus beau et plus symbolique que celui, si prosaïque, du quotidien dans lequel il avait été élevé jusque-là. « Peu de gens peuvent se vanter d'avoir connu des temps aussi durs que moi », avait-il confié à son élève Gustav Jenner, en se souvenant des jours qui n'étaient pas ceux de cet été enchanteur chez les Giesemann, mais les jours de Hambourg sous le ciel gras, noir et lourd.

Brahms mon ami… Combien de fois j'ai pensé à toi dans mes forêts du Grand Nord, lors de mes balades solitaires, et à la délivrance que furent pour toi ces échappées belles dans la nature, où s'exaltait ton âme buissonnière. Combien de fois j'ai songé à ton besoin d'amour contrarié par celui, plus fort, plus sauvage, de solitude que je comprenais si bien. Je les entendais au point de m'y confondre parfois. Mais qu'en était-il de ces pages ? Pourquoi les avais-tu écrites ? Étaient-elles pure invention ? Ou bien avais-tu cédé à la mode de l'époque, si riche en récits fantastiques ?

Les questions se bousculaient. Je soupesais chaque hypothèse, mais je n'en tirais aucune conclusion satisfaisante. De même, si je replaçais la découverte de ces manuscrits dans leur contexte, le sentiment de fantastique m'oppressait davantage.

J'appelai mon domicile pour savoir si le miroir acheté à Hambourg avait été livré. On me répondit que non. Il avait sans doute été envoyé par la mer, il n'y avait donc rien d'alarmant à ce délai. Ce qui était beaucoup plus étrange, ce fut la découverte dont Hans me fit part au téléphone :

« Tu es bien sûre de l'adresse de l'antiquaire ? Tu ne t'es pas trompée ? »

Je lui répétai les indications gravées sur la petite carte que j'avais embarquée, lors de ma dernière visite.

« C'est bien là, me dit-il. J'y suis.
– Alors pourquoi cette vérification ?

– Parce qu'il y a bien un magasin, ou plutôt un entrepôt. La porte et la vitrine correspondent à ta description, mais...
– Mais ?
– Mais c'est fermé. »
Je réfléchis rapidement. On était un jeudi, dans l'après-midi. Et ce n'était pas un jour férié, pas même en Allemagne.
« Peut-être ont-ils fermé pour cause d'inventaire ? Ils n'ont laissé aucune information sur la porte ?
– Lorsque je dis que c'est fermé, Hélène, je veux dire que c'est vide, désert, à l'abandon... J'ai collé mon visage sur la vitrine. À part des couches de poussière et quelques vieux cartons, il n'y a rien à l'intérieur. Absolument rien. Et vraiment, je jurerais que l'endroit est inoccupé depuis dix ans. »

Suite du récit de Karl Würth

Cette nuit a été marquée par un effroi qui me submerge encore. Et je ne sais pourquoi je persévère à tenir cette plume et cette sorte de journal. Il me faut presque me faire violence pour continuer à retranscrire tous les événements, toutes les découvertes de mon séjour dans cette forêt malade. Je ne comprends pas non plus ce qui me retient encore ici. Après cette nuit, j'aurais dû prendre mes jambes à mon cou et fuir loin, très loin de ces lieux maudits. Car malédiction il y a, et même maléfice. Hier, je suis revenu à marche forcée de la clairière, et j'ai retrouvé ma cabane avec un sentiment de délivrance, alors que rien autour de moi n'était accueillant. Le même air de désolation imprégnait tout le paysage. Le même silence y régnait. Mais la découverte de cette forêt possédée, vivante quoique malade, et de cet arbre dont l'écorce était semblable à une peau humaine, et qui battait d'un cœur humain, m'avait épouvanté. Aussi ressentis-je quelque répit à retrouver mes objets familiers. Ma canne à pêche, ma gamelle, ma provision de bougies et de briquets, et mon lit de fortune. Je ne sais pourquoi j'eus le désir irrépressible de respirer mes couvertures à pleins poumons. J'enfouis mon visage dans la laine. Mon odeur me sembla une vieille amie, pleine de douceur, et je me calmai un peu. J'étais revenu à mon campement avec la ferme intention de m'équiper pour une nouvelle prospection de la clairière. Cette fois-ci, j'emporterais une longue corde pour m'aider dans l'ascension de l'arbre et des falaises. Je confectionnerais aussi un masque pour me protéger des vapeurs acides. J'étais alors résolu à comprendre le mystère de ce silence, de cette putréfaction végétale. Je m'étais persuadé, dans la course du retour, que tout cela avait une explication rationnelle. Ma solitude alliée à mon imagination déformait sans doute ma perception des choses. Comme la projection, la nuit, d'une ombre démesurée sur un mur qui plonge les enfants dans une terreur indescriptible et qui se révèle, le lendemain matin, n'être que le mouvement d'un rideau pris dans le faisceau d'un rayon de lune. Je trouvai même des avantages à cette aventure : elle m'inspirait. Aux bribes de poèmes oubliés qui me montaient aux lèvres s'ajoutaient des notes, des accents de ballades anciennes, des trilles crépusculaires dont je désirais travailler la composition. Il n'y a pas de musique sans exil de l'univers, sans confrontation du moi avec son néant et, peut-être, sans un adieu donné à tout dans l'accolement de la mort comme reine des métamorphoses. De cela, j'ai toujours été persuadé. Et voilà que cette errance m'offrait l'occasion de vivre ce qui n'était qu'un point de vue, et ce d'une façon grandiose – la métamorphose du monde dans une gestation infernale. Et si, dans ce lieu même qui me choisissait comme spectateur, je trouvais la force originelle d'une nouvelle harmonie ?

Mes divagations, l'inhalation des vapeurs et la marche à longues enjambées, depuis l'aube jusqu'au soir, m'avaient épuisé. À peine m'étais-je allongé sur ma paillasse que je fermais les yeux. La nuit tombait. Le sommeil quasi comateux que je connaissais depuis mon arrivée sur ces terres s'abattit, lui aussi, sur moi. Mais ce soir-là, je ne cherchai pas à le combattre. Il me parut une délivrance – le moyen le plus sûr d'échapper à l'angoisse, aux questions qui tournoyaient comme des papillons fous sous ma calotte crânienne. Je ne sais ce qui m'éveilla, quelques heures plus tard. La lune était pleine et ses rais, drus et blancs, blessaient mes paupières. Était-ce elle, la responsable de cette insomnie ? J'ouvris les yeux, désorienté. Comme toujours dans la demi-seconde qui précède l'éveil dans un lieu inhabituel, j'éprouvai une impression d'amnésie. Je me dressai sur ma couche et repoussai les couvertures. Autour de moi, tout était à sa place, et pourtant, il y avait quelque chose d'absolument différent dont je ne parvenais pas à saisir la nature. J'enfilai ma veste et repoussai l'espèce de palissade en fougères qui me tenait lieu de porte. Dehors, un brouillard léger s'était levé et montait du lac. Des feux follets dansaient çà et là. Ce spectacle nocturne, dont mon sommeil hypnotique m'avait privé, n'était pas la cause du sentiment de changement profond que j'éprouvais en contemplant ce paysage. Je pris mon fusil, enroulai une écharpe sous ma barbe et je fis deux pas dehors. Et soudain, je compris. La nuit était sonore ! Elle émettait enfin ces bruits qui manquaient au paysage diurne. Je tendis l'oreille pour tenter de deviner l'origine des sons qui avaient investi cet espace immense jusque-là hostile et que le silence rendait monstrueux. J'espérais déceler des bruits d'origine *végétale*. Je veux dire par là ces bruissements que cause le vent dans les branches, le son mat d'un fruit ou d'une pomme de pin qui tombe sur le sol, ou encore le craquement d'une branche sous le poids de la neige – ces manifestations ténues d'une présence des paysages, de leur vie, de leur épanouissement dans le grand cycle des saisons. Mais je n'entendais rien. Était-ce le fruit de mon imagination ? de mes nerfs tendus comme un arc, exacerbés par une sensation de danger diffus, de présence menaçante ? Je ne parvenais pas à définir l'origine de ces bruits, qui semblaient, de surcroît, *se rapprocher de moi*. Je crispai mes doigts sur le fût de mon fusil. On aurait dit des chuchotements, des feulements, le froissement de l'air sous le déplacement d'un corps et même – étais-je en train de délirer ? – comme un rire sourd, sardonique et étouffé. Et soudain, un effroi sans pareil me saisit tout entier. De la brume, des formes commençaient à surgir. Ou plutôt, la brume se condensait en formes vivantes, de plus en plus compactes, et qui avançaient vers moi. La peur me glaça : on me regardait. Chaque forme semblait s'être dotée d'yeux, indifférents à mon fusil, et ces yeux me fixaient, certains depuis le sol ou presque, comme si ces êtres étaient à quatre pattes, d'autres depuis plus haut, presque à mon niveau. Ces prunelles phosphoraient telles celles d'un chat pris, la nuit, dans le faisceau d'une lanterne. Parmi elles, deux s'avancèrent, flamboyantes et rouges comme celles d'un démon. Je reconnus dans les vapeurs mouvantes la forme d'un loup. Alors, terrifié, je criai une formule conjuratoire, une sorte de *Vade retro* qui sortit étranglé de ma gorge.

Tout parut reculer d'un coup. Les yeux se sont éteints et, terrorisé, je me suis replié jusqu'à ma couche. L'effroi est peu à peu sorti de mon corps en une sudation froide. Je claquai des dents, tout le poids de mon corps porté contre la palissade, puis je m'affaissai et, de nouveau, le coma du sommeil me terrassa.

Hans m'avait avertie que je n'aurais pas la suite du récit avant une bonne dizaine de jours. Il s'étendit longuement sur la difficulté croissante du déchiffrage. Si les premiers feuillets avaient été écrits avec soin, d'une belle graphie et sur un papier choisi, la suite n'avait pas cette tenue. Il ne faisait aucun doute, en avait-il déduit, que Karl Würth avait commencé son journal, ou son conte, avec le désir d'être lu. Puis son écriture s'était enfiévrée, comme s'il n'avait pas pu se protéger de la tension de sa propre narration. Ou peut-être, me fit remarquer Hans, Karl Würth n'avait-il compris la portée de ses découvertes qu'au fur et à mesure qu'il les consignait dans son journal. Dès lors, fixer sur le papier les vertigineuses perspectives qu'elles ouvraient avait balayé toute préoccupation d'être lisible. Les pattes de mouche étaient peut-être devenues intentionnelles parce que la crainte d'être lu avait succédé au désir de l'être. Longtemps après cette conversation téléphonique, je réfléchis au sens de cette remarque. Si je suivais Hans dans cette déduction, je devais admettre que ce texte avait une portée autobiographique, peut-être même accepter qu'il pût s'agir d'une sorte de confession. Mon sens du romanesque me portait à le croire – en vérité, je *voulais* le croire –, mais je ne pouvais encore exclure l'hypothèse d'un conte, d'une histoire fantasmée à partir des divagations nées de ce voyage au fin fond du Grand Nord sauvage. Déjà, bien avant Johannes Brahms, de nombreux auteurs avaient peuplé cette géographie de créatures mythiques et de fantasmagories. Les frères Grimm, bien sûr, et tous les auteurs dont Brahms était friand. Ils avaient plongé leur plume dans l'encre noire des légendes saxonnes et révélé une vie derrière chaque pierre, des esprits dans chaque mouvement d'une branche et dans le jaillissement des sources. Quoi qu'il en fût des intentions de Brahms, le soin de ses premières pages avait cédé la place à une grande écriture échevelée, qui traçait des phrases enchevêtrées les unes dans les autres, barrées de taches d'encre et de mots raturés. Et sa lecture devenait de plus en plus ardue.

« En plus, les pages ne sont pas numérotées. Je me heurte à une sorte de puzzle, sans savoir s'il manque des pièces ou pas, ni combien il en manque. »

Hans avait pris la mouche lorsque je m'étais impatientée pour avoir la suite. Il éprouvait la même hâte que moi à connaître les épisodes suivants. Son impatience s'était accrue depuis qu'il avait trouvé porte close à Hambourg. Que mon antiquaire ait pu fermer sa boutique ajoutait au mystère de ces pages. Hans refusait de croire à un déménagement aussi brutal. Selon lui, l'entrepôt n'avait pas été occupé depuis des lustres.

Une enquête auprès des rares voisins avait conforté ses dires. Personne n'avait investi les lieux depuis au moins cinq ans. Et l'idée d'un brocanteur dans cet endroit réservé aux activités portuaires les plongeait dans une suspicion immédiate sur la santé mentale de Hans. Il avait mis un terme à son investigation. Je m'étais trompée d'adresse en la recopiant, m'assurait-il. Je ne parlais pas assez bien l'allemand. Les mots à rallonge dont la langue est prolixe m'avaient induite en erreur. Il n'en démordait pas, et comme mon emploi du temps ne prévoyait aucun concert à Hambourg, il m'était impossible de lui prouver le contraire – ou de constater mon erreur. Hans ne tolère l'irrationnel qu'à petites doses.

Pour tromper mon attente, je décidai d'étudier plus attentivement le reste des documents acquis chez ma petite écolière. Les eaux-fortes de Max Klinger lèveraient-elles le voile ? Elles avaient été intercalées entre les pages du récit, et les correspondances entre ce qu'elles exprimaient et ce que racontait Brahms interdisaient toute idée de hasard. Jusque-là, je ne leur avais accordé qu'une attention fugitive. Seule la première avait réellement accroché mon regard. Je les étalai autour de moi et tentai de leur trouver un ordre. Cette disposition mit en évidence un dessin que je n'avais pas remarqué de prime abord, en partie parce qu'il avait été détérioré, en partie parce qu'il était redondant avec la lithographie qui m'avait plongée dans l'univers du *Deuxième concerto* de Brahms d'une façon si totale et si imprévue qu'elle avait focalisé toute mon attention. Si cette dernière portait le titre d'*Évocation*, Klinger avait intitulé le dessin *Accord*. Klinger avait représenté la même scène, mais à partir de points de vue différents. Il y avait toujours la terrasse, le pianiste, la harpe à tête d'homme. Mais la femme était maintenant assise à côté du musicien non plus nue, mais entièrement habillée. Elle tournait les pages de sa partition. On découvrait aussi que la terrasse était suspendue au-dessus de l'océan. Un escalier de bois menait aux vagues. Un triton et deux ondines arrachaient la harpe à la fureur des flots, et le triton grimaçait sous l'effort. Derrière ces personnages, sur la mer démontée, un voilier fortement incliné par le vent filait vers une île. Sur son rivage, entre deux montagnes, se dressait une succession de temples séparés par des cyprès. Des vapeurs épaisses, des nues tourmentées drapaient les pentes d'une montagne dont on ne devinait pas les cimes – étaient-ce celles qui cachaient la clairière de Würth ?

Comme la première fois, je me sentis aspirée par l'univers, si brahmsien, de ce dessin. Dans le même temps, des fragments du récit de Karl Würth me revenaient en mémoire. De ce curieux alliage jaillirent aussi des pages de sa musique, que je connaissais par cœur pour l'avoir si longtemps, si souvent répétée *de tête* en me promenant dans les forêts de Salem ou dans les chambres d'hôtel lors de mes tournées. Brahms m'est plus intime que n'importe quel autre compositeur et il est celui sans qui je ne pourrais vivre. Est-ce pour les exigences aiguës d'équilibre sonore que pose sa musique pour piano, moi qui ai si longtemps aimé marcher entre deux abîmes et flirter avec le vertige ? Cette musique m'a proprement *révélée*. Elle m'a appris à résoudre l'apparent dilemme entre les voix supérieures et inférieures. Je me souviens encore de l'instant où j'ai entendu le *Premier concerto* avec Claudio Arrau, dirigé par Carlo Maria Giulini. J'avais quatorze ans, et l'écoute de ce morceau m'avait anéantie, au sens noble du terme : la sensation physique d'une ouverture sans fin qui vous déploie dans une dimension supérieure. Il s'agit d'une expérience intime que je tente de communiquer, à mon tour, lorsque je joue Brahms. Et je suis heureuse lorsque je parviens à faire entendre l'expression la plus caractéristique de son écriture – le déchirement né de la prise de conscience, et ce regard en arrière au moment où tout bascule, où tout change, où tout *se déclare*. Tous ceux qui ont fait l'expérience de ces instants de vérité, ces instants d'*alèthéia*, qui vous rendent lucide sur ce que vous êtes et sur ce qui vous entoure, et vous obligent à embrasser vous-même votre destin, comprendront ce dont je parle. Il y a chez Brahms, et qui me ressemble, cette tentation de la nuit que dépasse et transfigure une joie plus haute, plus forte, enracinée dans toute la création.

Je continuai de feuilleter les eaux-fortes. Chacune, d'une façon particulière, aurait pu illustrer le récit qu'Hans traduisait pour moi. Ainsi ce dessin sombre, justement intitulé *Nuit*. Le brouillard dense et hostile décrit par Karl Würth s'élève au-dessus d'une mer lasse, si étale qu'aucune vague ne doit s'y entendre. Une mer silencieuse, figée par l'avancée des nues dans le ciel, que fuient trois oiseaux blancs. Et soudain, je fronçai les sourcils et je me mis à regarder avec plus d'acuité encore : fondues dans les noirs profonds de l'encre, et seulement décelables par une attention vigilante, des halos de vapeur se condensaient en formes vivantes, certaines humaines, suggérées en poings serrés, en visages gonflés et grotesques, en masses rampantes à qui ne manquait que la phosphorescence des yeux pour que la terreur qui avait saisi Karl Würth fût perceptible dans cette lithographie. Étaient-ce les mêmes créatures que celles aperçues dans la clairière ? Je projetai sur l'image la lumière crue d'une lampe et l'analysai de plus près encore. Si je ne vis pas de loup dans ces masses nuageuses, je pus admirer tout le talent de Klinger : à scruter ces formes, on les sentait de plus en plus présentes, et en même temps elles semblaient fuir le regard pour se recomposer aussitôt. Je me mis à étudier l'ensemble du dessin. Dans l'angle supérieur gauche, et par-dessus la couverture des nuages, nimbés d'une lumière lunaire, deux individus conversent. L'un, soumis, fatigué, le menton appuyé dans le creux de la main, écoute l'autre, sorte de personnage tutélaire, qui a posé derrière lui son casque romain. Qui est-ce ? César ? Zeus ? Un dieu, du temps des centaures et des satyres si présents dans l'œuvre de Klinger ? Cette figure symbolise-t-elle la conscience des hommes ? Le penseur est-il Johannes Brahms ? Les deux méditent-ils ensemble sur cette nuit en extension ?

Était-ce le monde tout entier qui était submergé par l'eau et le sel ? Était-ce ce monde réduit à un désert, d'où tentent de s'échapper trois oiseaux rescapés, qui les plonge dans un tel désespoir ? Un monde sans Noé ni possibilité d'une arche ? C'est ce que je commençais d'entrevoir devant ces *Brahmsphantasie*. Neuf gravures qui alternent musique et mythologie, les enlacent et les exaltent dans la figure de Prométhée, le Titan qui a osé voler aux dieux le secret du feu pour le donner aux hommes...

Dans ces gravures comme dans le récit, on peut soupeser l'absence de toute vie – végétale ou animale. Eau, océan, nues, rocs des temples et des monts, certes, mais hormis ces trois oiseaux, aucune fourrure, aucune écaille, aucun souffle. Ni œuf ni bourgeon pour préfigurer l'avenir. « Le jour où il n'y aura plus d'espèces sauvages, ce sera la fin de la vie et le début de la survie », ai-je toujours pensé, forte des études d'éthologie que j'ai suivies aux États-Unis. Que me racontaient ces eaux-fortes, et que tentait peut-être aussi de me dire Karl Würth avec son journal ? Qu'une fois le monde détruit, déserté par toute vie, ne resterait qu'un animal sauvage, le plus sauvage de tous mais aussi le pire – l'homme, qui a asservi, ruiné ou exterminé toutes les autres espèces ?

La nostalgie de mon Centre m'empoigna d'un seul coup, avec un besoin violent de saisir à pleines mains la fourrure d'un des loups, d'y plonger les doigts, de sentir son haleine sur mon visage, d'entendre ses grognements. Mes concerts, mes tournées m'entraînaient trop fréquemment loin d'eux, et je me consolais souvent de leur absence en pensant aux hectares ajoutés à leur territoire depuis la construction d'un nouvel enclos, ou au travail accompli pour sauver le loup mexicain, quasiment disparu de la surface de la planète. Mais à cet instant, cette pensée ne m'apaisait plus. Je me sentais exilée dans cette chambre d'hôtel du bout du monde, loin d'eux, au milieu de cette ville qui ne m'était rien et de cet océan d'inconnu que je sentais déferler autour de moi, où seules surnageaient les images éparses de Max Klinger, et qui exprimaient tant de désolation. Je pris conscience comme jamais du rôle des loups dans mon reliement aux créatures de ce monde et au cosmos. Et brusquement me revint en mémoire la *Lettre de Lord Chandos* de Hugo von Hofmannsthal, dont certains passages m'avaient frappée au cœur parce que j'avais eu la sensation, en les lisant, que j'aurais pu les faire miens, tant l'aventure de ce personnage m'était intime. Dans une missive, celui-ci fait part à son correspondant de l'expérience inouïe qu'il a vécue – et ne cesse plus de vivre – d'entendre le concert de la vie dans chacun des objets qui l'entouraient, dans chaque forme de vie, la plus ténue soit-elle. Ce que lord Chandos raconte à propos de ses idées qui revêtaient tout à coup des couleurs chatoyantes, je l'ai vécu, enfant, avec les mots, puis plus tard avec la musique – il m'est arrivé que des notes, ou des arpèges, allument sous mes paupières des flots de rouge et de cyan, de vert et de jaune. Puis j'avais découvert, au fil de ma lecture, son empathie sans limite qui faisait que son âme épousait l'âme de chaque créature, l'esprit de chaque fleur, de chaque brin d'herbe. Moi-même, je l'ai éprouvé jusqu'à sentir les larmes me monter aux yeux, jusqu'à souffrir avec tant d'animaux prétendument sauvages de leur terreur même, de leur propre douleur face aux déprédations de l'homme. J'avais éprouvé la même proximité avec leurs cœurs, leurs pattes, leurs faims. Mille fois, j'avais relu l'épisode des rats, relaté dans cette lettre : lord Chandos avait donné l'ordre de parsemer sa cave de poison pour exterminer les rongeurs. Mais le soir même, alors qu'il chevauchait dans la campagne, absorbé par la contemplation du soleil couchant, voilà que s'était ouvert tout à coup devant son œil intérieur la cave où se débattait en mourant le peuple des rats. « J'avais tout en moi, écrit-il. L'air frais et lourd de la cave, rempli de l'odeur douceâtre et pénétrante du poison ; les cris d'agonie perçants qui se brisaient contre les murs humides ; la mêlée des convulsions enchevêtrées et des désespoirs qui se croisent en une chasse folle ; les courses insensées vers les sorties ; le froid regard de fureur quand deux bêtes se rencontrent devant une fente bouchée. » Lord Chandos souffrait de la souffrance des rats. En lui, « l'âme de ces bêtes montrait les dents au destin monstrueux ». Il s'était agi alors de bien plus que de la pitié ; il s'était agi d'une dilution absolue et inouïe de ses pensées dans le flot vivant du Vivant qui l'entourait. Je comprenais pleinement ce sentiment : je le vivais avec les loups et avec la musique.

Dans cette même lettre, lorsqu'il évoque cet état de dissolution de sa propre conscience dans la conscience universelle, lord Chandos se souvient de Crassus, un orateur romain célèbre pour l'amour qu'il portait à sa murène – un poisson aux yeux rouges et à la gueule rébarbative, silencieux et immobile. Son affection pour elle était si forte qu'elle a traversé les millénaires ; et seuls ceux qui ont laissé un animal les prendre un jour par l'âme peuvent comprendre, et s'abstiennent de sourire. On avait bien raillé Crassus pour cet amour et pour les pleurs qu'il avait versés à la mort de sa murène. On l'avait raillé publiquement, devant tout le Sénat. Mais Crassus n'a pas renié ses larmes ni son chagrin, s'étonnant simplement que tous ne les éprouvent pas, parfois même pour leur propre femme.

Je songeai, une fois encore, à ces étranges coïncidences, à ces idées qui imprègnent en même temps des esprits différents, séparés par des milliers de kilomètres ou par des décennies. Ainsi, cette *Lettre de Lord Chandos*, Hofmannsthal l'avait rédigée quelques années à peine après la mort de Brahms. Mais auparavant, Nietzsche avait déjà écrit à son collègue Franz Overbeck cette idée si forte que j'en avais fait une sorte de carnet de route personnel, et que je me répétais sans cesse, que le meilleur, l'essentiel, ne peut se communiquer que d'une âme à une autre âme, d'un cœur à un autre cœur. Il expliquait ainsi la quête de Zarathoustra et soulignait que ce furent les animaux, avec qui Zarathoustra conversait, qui lui avaient indiqué que pour communiquer l'essentiel, il devait abandonner la parole. Et puis, à son tour, Rainer Maria Rilke avait composé une élégie sur cette même interrogation et dans la même fibre. La *Huitième Élégie de Duino* exalte cette capacité que les animaux – tous, sauf l'homme – possèdent de se connecter au cosmos et, partant, de percevoir l'*Ouvert*. Elle dit aussi notre cécité devant l'*essentiel*, parce que nous avons perdu le contact originel avec la nature, par la perte d'une empathie proprement bouleversante avec la vie même. Elle pose que la créature voit l'Ouvert de tous ses yeux, tandis que nous ne le connaissons que par les yeux de l'animal. « Toujours tournés vers le créé, nous ne voyons en lui que le reflet de cette liberté par nous-mêmes assombri. À moins qu'un animal, muet, levant les yeux, calmement ne nous transperce. Ce qu'on nomme destin, c'est cela : être en face, rien d'autre que cela, et à jamais en face. »

Comment, quand avons-nous oublié cette ouverture au monde ? Nous était-elle donnée au paradis, et l'avons-nous perdue avec lui ? « Voleur de feu, chargé de l'humanité, des *animaux* même », avait, lui aussi, pressenti Rimbaud, qui avait grandi à Attigny, la *Terre des loups.* Était-ce même cela, le paradis – le lieu où elle nous était donnée ? La musique en est-elle la clef ? La musique et la poésie ensemble, ces verbes *libérés de nos ombres* ? Ensemble, pour nous mettre en face, et à jamais en face ? Ensemble, avec aussi, bien sûr, le regard d'un animal, muet, qui calmement nous transperce...

*

J'ai pendant longtemps tenu mon journal. Mais les tournées, les concerts, les répétitions, le Centre de préservation des loups que j'avais créé et mes travaux d'éthologie m'ont de plus en plus accaparée et je l'ai petit à petit délaissé. J'y revenais parfois, mais en pointillé, de façon de plus en plus espacée, et sans que l'élan qui présidait à ces rendez-vous quotidiens soit toujours présent. Rien n'est plus dangereux que la routine. Elle nous rend soumis. Elle obère notre vigilance. Les récits de Karl Würth avaient suscité chez moi le désir de reprendre la plume, comme s'ils avaient brassé les alluvions d'idées, de questions, d'étonnements, de peurs ou de colères déposées au fond de ma conscience ces dernières années. Je me demandais pourquoi je m'étais tue si longtemps. Certes, j'avais été malade, j'avais déménagé – autant d'épreuves épuisantes, au sens premier du terme : qui vident les sources d'émerveillement et captent l'énergie indispensable pour maintenir le cap d'une route singulière, et solitaire. Mais aucune de ces raisons n'était suffisante pour expliquer tout à fait l'abandon de mon journal. Cette parenthèse se refermait heureusement : la curiosité nouvelle que ma visite chez l'antiquaire de Hambourg avait éveillée, l'intimité paradoxale avec Johannes Brahms dans laquelle me plongeaient son récit et les lithographies qui l'accompagnaient, et tout autant mes longues conversations avec Hans, fouettaient mon désir d'écrire. Dans la journée, entre mes répétitions et mes lectures, une myriade de questions et d'hypothèses travaillait mon imagination. Les consigner le soir, à loisir, dans le calme de rares plages horaires, me permettait de faire le point. C'est ainsi que je repris cette bonne vieille habitude de noter les remarques ou les questions que, parfois, un auditeur me posait en me demandant un autographe à la sortie de mes récitals. « Pourquoi la musique existe-t-elle ? », m'avait ainsi interrogée une jeune fille le soir même. Je n'avais répondu que par une formule spontanée, qui m'était montée aux lèvres : « Pourquoi la musique existerait-elle, sinon pour porter secours au plus malheureux, pour le sauver dans les pires circonstances, pour rendre son cœur à celui qui l'a perdu ? » Mais un peu plus tard, en écrivant la question sur le papier, noir sur blanc, j'ai compris dans un éclair combien j'avais biaisé, combien j'avais enfermé ma réponse dans une abstraction. Non que ce fût faux, mais c'était désincarné. La bonne question, aurais-je dû lui dire, n'était pas *pourquoi* la musique existe, mais *comment* elle peut exister. En vérité, en consacrant ma vie à la musique, je me suis porté secours à moi-même, je me suis rendue à mon propre cœur. Sans cette incarnation, la musique n'a aucun sens : ce n'est pas le musicien qui compte, ni d'ailleurs le compositeur. C'est cette disposition à l'entendre avec tous ses sens, et à la faire entendre avec *sa chair*. C'est dans cet échange, et dans cet échange seulement, que la musique existe. Sinon, elle n'est qu'un brouhaha, une masse de sons de plus, certes plus harmonieuse, mais anecdotique. La musique est cet échange ; le musicien, celui qui l'initie. Et cet échange ne peut être fructueux que s'il nous accorde au monde. J'en fus d'un seul coup persuadée : l'enfer n'a que deux versions – celle d'une monstrueuse cacophonie, ou celle d'un silence à perpétuité. N'était-ce pas ce qu'avait découvert Karl Würth lors de son voyage ?

Et puisque je reviens à ce que j'appelle désormais, avec Hans, le « mystère Würth », il me faut confesser un fait troublant – une nouvelle coïncidence. Je l'avoue, elle m'a longtemps laissée songeuse. Pour comprendre les raisons de cet émoi, je dois rappeler ce que j'oublie moi-même très souvent, tant j'ai fait de ce lieu *mon* lieu sur cette terre : le Centre consacré aux loups est situé à quelques kilomètres de Salem, homonyme de cette petite ville en terre puritaine située dans la même région géographique, dans le Massachusetts. Salem, si célèbre pour ses sorcières. Il va sans dire que je ne l'ai pas cherché, même si cette proximité géographique ne m'avait pas déplu à l'époque. Les sorcières ont toujours eu ma sympathie. Leurs conversations intimes avec les divinités de la nature, leurs sabbats joyeux m'ont toujours paru la marque d'un sacre de la vie et de la liberté la plus charnelle et la plus spontanée qui soit, plutôt qu'un pacte avec Satan. Sans doute est-ce parce qu'elles ont toujours refusé de s'engager d'une façon formelle et pesante dans les lois des hommes qu'elles ont été l'objet de leur haine. Elles sont trop libres pour verrouiller leur destin *à jamais,* fût-ce avec le diable. Jusqu'à ce jour, j'avais toujours cru que dans la zone septentrionale, la chasse aux sorcières s'était circonscrite à l'Est américain. Or voilà que je regardais un documentaire sur l'inauguration d'un monument à la mémoire de ces victimes persécutées, et cette cérémonie avait lieu *dans le Grand Nord de l'Europe,* sur les terres où, probablement, Karl Würth s'était aventuré. Au fil des images, je découvrais que ces vastes territoires avaient été jadis assimilés aux portes de l'enfer. Là, on avait exécuté, proportionnellement, plus de prétendues sorcières que n'importe où ailleurs en Europe. Des dizaines de femmes avaient été condamnées sous ce chef d'accusation. Les fillettes n'avaient pas échappé à cette chasse enragée. Certaines avaient à peine douze ans – l'âge de la puberté et de ce sang qui annonçait la fertilité de leur ventre et, partant, leur fructueuse puissance. Dans la petite ville de Vardoe, où s'élevait jadis le bûcher, un monument commémorait désormais cette combustion de chairs féminines, cet holocauste perpétré pour repaître le génie de la bêtise, de l'obscurantisme et de la misogynie. S'ils sont rarement fidèles à leurs amours, beaucoup d'hommes le sont à leur haine.

Je consultai mon atlas pour repérer avec précision les côtes de la mer de Barents que montrait le film, à cette pointe extrême qu'était la région du Finnmark. C'était là qu'avant de les brûler, on traînait les accusées pour les jeter à l'eau, du moins celles qui persistaient à nier leurs forfaits maléfiques sous la torture. Alors la Cour ordonnait le « supplice de la nage » : depuis une frêle embarcation dont les voiles claquaient sous le vent, on jetait l'accusée dans les vagues, pieds et poings liés. Malheur à elle si elle flottait – on voyait là la preuve de sa sorcellerie : l'eau, toujours lustrale aux yeux de cette sorte d'inquisition, avait la réputation de refuser les impuretés. Dans ce cas, la condamnée était repêchée et conduite jusqu'au feu du bûcher.

En 2011, sur la plage où s'étaient perpétrées ces ordalies, les pouvoirs publics danois avaient dressé une herse de pilotis qui soutenait une terrasse de bois. Comme sur la gravure de Max Klinger, la mer pouvait rugir à ses pieds. De là, comme sur la gravure de Max Klinger encore, on apercevait, bravant la crête des vagues, un voilier à la gîte filant vers l'horizon. Des panonceaux énonçaient le triste déroulé des procès qui s'étaient tenus dans la région au XVIIe siècle, et qui avaient abouti à la crémation de quatre-vingt-onze femmes sur les cent trente-cinq accusées. Le chiffre effrayait dès qu'on prenait en considération la population générale de cette partie du monde, cet ultime promontoire de l'Europe avant les terres arctiques et les tourments du Pôle. Trois mille personnes à peine vivaient alors au Finnmark. Quasiment dix pour cent de la population féminine avaient donc souffert de ce mélange de superstition réelle et de bas règlements de comptes. Les historiens avaient retrouvé, pour les réhabiliter, les noms des victimes et les procès-verbaux de l'accusation. Une femme avait été brûlée pour avoir soi-disant jeté un sort fatal à un enfant et à deux chèvres. À une autre, on reprochait une tempête d'apocalypse qui avait précipité sur les récifs dix navires et englouti dans les gouffres océaniques quarante marins. Par une sorte de grinçante ironie, les vagues s'étaient faites complices des détracteurs. Était-ce à cause des poches d'air qu'emprisonnaient leurs vastes robes et leurs jupons ? ou bien à cause de l'immobilité absolue à laquelle les obligeaient leurs liens de corde bien serrés ? Jetées de la barque, toutes avaient flotté. Flotta aussi « comme un bouchon », ainsi que le souligne son procès-verbal, la suspecte Ingeborg, sage et belle épouse de Peder Krog. En 1663, accusée de sorcellerie par un groupe de jalouses, elle demanda spontanément à être précipitée dans l'écume, les mains et les pieds rudement ligotés. Mais elle flotta. Elle flotta comme une Ophélie vivante, dans le sel et les algues, les cheveux épars. On la ramena à terre. On désirait des aveux avant le bûcher. Aussi la tortura-t-on. Mais tout ce qu'elle put avouer avant de mourir, ce fut qu'elle était tombée malade après avoir mangé un poisson. Pourquoi ce documentaire retenait-il mon attention ? Les chasses aux sorcières avaient toujours existé, mais jamais autant qu'en ce lieu. Ici plus qu'ailleurs, et depuis que les légendes vikings et germaniques avaient peuplé ces contrées de créatures fort peu chrétiennes, de divinités récalcitrantes et d'esprits tenaces, la peur du diable tenait les hommes au ventre. « Les gens croyaient sincèrement qu'ils étaient entourés d'une armée secrète alliée au Diable qu'ils imaginaient composée de petits hommes rouges », expliquait Ingrid Willumsen, l'historienne interrogée. L'isolement de ces gens, à des journées de voyage de la première bourgade, les conditions climatiques terribles, la présence d'animaux sauvages, loups et ours, leur métier même – la plupart étaient marins et tellement tributaires des caprices de Neptune qu'aucun n'aurait osé se moquer des anciens dieux des océans, ceux qui commandaient aux vents et aux vagues –, tous ces éléments échauffaient les esprits. Alors, on s'était mis à voir le diable partout, dans un temps où la démonologie était en vogue et où cent charlatans et colporteurs sillonnaient les provinces, les bras chargés de grimoires, pour enseigner à les reconnaître, et à les exorciser. Aussi l'esprit simple, lorsqu'il s'égarait dans la taïga, seul, minuscule au pied des immensités de sapins noirs, entre glace et tourbe, cherchait-il plus souvent à s'allier les anges du diable, toujours prompts à répondre, que ceux du Ciel si lointain. Quand ils rejoignaient enfin les ports perdus du Finnmark, les yeux fous de terreur, ils avaient la bouche pleine d'histoires fantastiques pour alimenter en cauchemars les veillées au coin du feu. Serrés les uns contre les autres, les villageois écoutaient en tremblant, tandis que la tempête frappait aux fenêtres.

Je songeais au récit de Karl Würth, à la description

poignante de ses pérégrinations dans ces landes glaciales et hostiles. Avait-il eu la fièvre ? Avait-il cédé lui aussi à la terreur qu'engendrent les brouillards de ces terres extrêmes ? Une idée me traversa l'esprit : parmi ces affabulateurs, colporteurs de rumeurs et de légendes, certains avaient-ils pénétré la forêt et la clairière que Karl Würth avait découvertes ? Et si le voyage qu'il avait accompli l'avait mené jusque dans cette partie du Grand Nord ? dans ces contrées que la tradition et les légendes disaient être la « Porte de l'enfer », gardée par des dragons, dont l'existence avait été attestée jusqu'au XIXe siècle par de nombreux témoignages ? Ces bêtes sataniques, dévoratrices de cadavres et échappées de la géhenne, on les appelait ici les « lindorms ».

Parmi les nombreux griefs adressés aux sorcières, il y avait bien sûr leurs relations amicales avec les dragons. On prétendait qu'elles les élevaient comme leurs chiens, voire comme leurs propres enfants. Certains avançaient même qu'elles en couvaient les œufs. La croyance dans les lindorms était si forte qu'on décida d'organiser des traques. La dernière chasse au dragon eut lieu en Suède en 1880, un an après que Brahms eut achevé son *Deuxième concerto* pour piano. Elle fut menée par l'ethnologue suédois Gunnar Olaf Hylten-Cavallius. Pour mobiliser les hommes, terrorisés par ces bêtes sataniques cracheuses du feu de l'enfer, Hylten-Cavallius promit de fortes récompenses et une fortune à qui lui rapporterait la dépouille d'un lindorm. Alors, on vint des confins du pays. Les plus nombreux des témoins furent ceux des terres les plus septentrionales. Ils n'avaient avec eux aucune dépouille à offrir, mais des contes, oui, des témoignages encore plus, assortis de détails précis sur les dragons – tous les mêmes : la proéminence de leurs yeux, la longueur de leurs dents, leurs prunelles terribles et rougeoyantes la nuit, telles des braises. Le lindorm, affirmaient-ils, affectionnait les brouillards, les forêts, l'obscurité et les crevasses des montagnes. Songeuse, j'avais éteint la télévision qui diffusait ce documentaire. Sans pouvoir m'empêcher de me demander si c'était bien un loup que Karl Würth avait vu cette nuit-là.

Suite du récit de Karl Würth

J'avais décidé de résister à l'effroi qui ne me quittait plus depuis l'aube. Quand je m'éveillai, tout était *de nouveau* silencieux dans le paysage, brouillé par une petite pluie fine et glaciale qui, déjà, portait un parfum de neige. Mon premier mouvement fut d'empaqueter mes affaires et de rentrer à Vienne. L'atmosphère des lieux, la découverte de la clairière et ma mésaventure nocturne m'avaient entraîné au-delà du rationnel et cette perte de repères provoquait en moi un vertige grandissant. Les frontières entre raison et déraison se brouillaient. J'éprouvai le vif besoin d'une poignée de main chaleureuse, d'une conversation banale – d'une présence humaine. Dans le même temps, ces mystères me fascinaient et je voulais en avoir le cœur net. Malgré la tentation forte de prendre mes jambes à mon cou et de rendre ces lieux à leur plus radical isolement, je décidai de continuer et de laisser agir l'impondérable. Toute ma vie – si je partais –, je resterais sur la faim de ce mystère. Je m'accordai une journée entière pour préparer le matériel dont j'aurais besoin pour explorer la clairière, vers laquelle je me mettrais en route le lendemain, dès l'aube. De l'eau potable en quantité suffisante pour tenir trois jours, des récipients pour garder les prélèvements que je comptais faire, notamment sur l'écorce de l'arbre ainsi que sur ces fruits étranges que j'avais entraperçus dans les branches au moment où je rebroussais chemin. Je m'armai aussi des quelques outils embarqués pour cette randonnée, hache et scie pour couper du bois, et les quelques piquets prévus pour tenir la toile de ma tente, dont je savais dorénavant que je leur trouverais un emploi, une fois là-bas. Puis je me préparai un déjeuner hâtif. Je pris conscience de l'état d'extrême inquiétude et de vigilance dans lequel je me trouvais ; depuis mon réveil, j'étais sans relâche aux aguets. En mâchant sans goût et sans appétit un morceau de pain noir et de viande séchée, je fixai de toutes mes forces – exercice que rendait douloureux ma légère myopie – les abords du lac, les tumulus de tourbes et plus loin les buissons d'épineux où s'accrochaient les grappes rouges des baies automnales. Avais-je rêvé la nuit précédente ? M'étais-je laissé prendre par ces images peintes que sont les rêves ? Malgré mon désir d'imputer à un cauchemar mes visions nocturnes, la rigueur m'obligeait à constater qu'elles étaient réelles, même si leur objet ne l'était pas. Mon fusil jeté contre l'écran de bruyère qui me tenait lieu de porte, l'écharpe qui entourait toujours ma barbe à mon réveil, le désordre du lieu – tout attestait la réalité de ces apparitions. J'avalai le café brûlant que j'avais fait réchauffer. L'humidité et la pluie qui était tombée en abondance, et continuait de tomber en ce milieu de journée crépusculaire, m'offriraient peut-être une piste : le terrain, bourbeux, avait dû garder les empreintes de mes visiteurs nocturnes.

J'enfilai mon paletot et intentai une excursion par demi-cercles depuis ma porte jusqu'à la lisière des bois d'où il m'avait semblé qu'ils avaient surgi. Plié en deux, agitant devant moi la lanterne pour mettre en relief toute trace d'un passage, je m'aventurai à petits pas sur la large esplanade découverte qui séparait ma hutte de la forêt. Mes pas laissaient leurs marques, profondes, dans lesquelles l'eau qui gorgeait le sol suintait doucement. Un coup d'œil par-dessus mon épaule confirma ma certitude. Si des créatures, si légères soient-elles, étaient passées par là, je verrais leurs empreintes. Impossible de les manquer : la pâleur du ciel se reflétait en éclats vitreux dans les miennes. Or je ne voyais rien. J'eus beau fouiller jusqu'au soir, dans le sempiternel silence qui absorbait mon souffle même, je ne découvris pas un seul signe d'une présence vivante – crottin, touffe de poils, plumes abandonnées, vernis de bave d'escargot. J'explorai comme un détective tout le territoire qui entourait mon campement. Je retrouvai ce que j'avais pu y déposer moi-même. Là un bout de ces petits cigares que j'aimais mâchouiller, là un fagot de bois tombé du tas que j'avais transporté trois jours plus tôt et d'autres menus indices de mon passage dans ces lieux. Mais aucune trace d'autres créatures.

Je revins à ma hutte et préparai un bon feu avec de quoi l'alimenter la nuit entière, bien décidé à résister au sommeil et à faire face à ces apparitions si elles se manifestaient de nouveau. Je m'installai tout près du foyer, une lanterne, une bûche et mon fusil à portée de main, tout habillé pour pouvoir bondir et foncer à leur poursuite. Mais, comme tous les soirs depuis mon arrivée, la nuit tomba comme une pierre, et je fus précipité dans un sommeil narcotique.

Je ne me suis réveillé qu'à l'aube, plein de courbatures. Le feu, assourdi par le crachin tenace, fumait copieusement. Des rubans noirs et âcres s'élevaient vers le ciel. Je partis tout de suite, mon sac lourdement chargé sur le dos. Je n'avais pas pris la peine d'enterrer mes provisions, assuré désormais qu'aucune bête ne viendrait les voler, et des humains, encore moins. Des fumerolles de brouillard stagnaient sur la lande. Je m'appliquai à ne pas scruter leurs formes, à ne pas céder à la tentation d'y chercher les créatures nébuleuses qui m'étaient apparues la nuit précédente, dans une vision infernale dont je n'étais même plus certain qu'elle fût vraie. Ce flottement entre réel et illusion, normal et fantastique, m'oppressait presque davantage que cette atmosphère mortifère qui émanait de cette partie du monde. Je pressai le pas. La marche, cette vieille habitude qui m'avait sauvé de bien des tourments et apporté tant d'apaisements, calma mes nerfs. Je retrouvai quelque assurance et la confiance me revint. Aussi étranges que soient cette forêt, ce silence, et bientôt cette odeur nauséabonde de combustion végétale par un processus de pourrissement, j'en découvrirais l'explication. Je marchai ainsi, à vive allure, sans les pauses et les détours empruntés lors de ma première excursion. À midi, je traversai la rivière empoisonnée. Au soir, tandis que la terre charriait de vieilles puanteurs expulsées de son sous-sol, j'atteignis les abords de la clairière. Les vapeurs acides dont la végétation tout entière était baignée brûlaient maintenant ma peau et mes poumons. J'ajustai le masque que je m'étais fabriqué. Il fonctionnait à merveille. Alors, je levai les yeux pour tenter d'apercevoir, dans les dernières lueurs du crépuscule, la frondaison de l'arbre et les cimes des montagnes. Le ciel m'apparut inopinément entre deux bouquets de mélèzes ; un ciel bizarre, en creux, constitué d'une accumulation de grottes gazeuses, dont les plus basses prenaient assise sur les roches des falaises et englobaient dans leurs boursouflures les hauteurs de l'arbre, dressé seul dans cet espace parfaitement rond, comme si un jardinier avait veillé à ce qu'aucune plantation ne vienne contredire cette figure géométrique exacte. Une étrange lumière fomentait des bouillonnements de gaz, une lumière verte et vénéneuse. Il ne restait que peu de jour avant que l'obscurité ne s'empare de tout, et que je m'écroule à mon tour. La sagesse dictait de préparer mon campement. Mais je ne pus résister à la curiosité de toucher de nouveau l'écorce de cet arbre d'espèce inconnue de moi et tout à fait étrangère à la flore de ce pays. J'éprouvai, à l'idée de ce contact, une répulsion instinctive et, dans le même temps, je ne pouvais m'empêcher de le désirer. Je posai mon sac avec une grimace de dégoût. Pas une once de terrain sec ne s'offrait à mon regard. Ce n'était qu'un parterre de mousse verte, en formation continue, puante et tiède. Si cette nature n'était pas aussi muette, avec une obstination dans ce mutisme qui donnait au silence une densité presque violente, j'aurais entendu des bruits de succion à chacun de mes pas. Je n'avais d'autre choix que de poser mon paquetage sur les racines énormes, entrelacées comme des paquets de serpents monstrueux. Elles ne semblaient rattachées à aucun arbre et couraient, indépendantes, à fleur de terre. Je me débarrassai du sac dans un creux formé par deux racines et me jetai vers la clairière comme un nageur, tant l'air était ruisselant.

Par je ne sais quel mystère, je percevais maintenant, au loin, la respiration uniforme de la forêt. J'avançai à grandes enjambées, mais je m'aperçus rapidement que j'avais mal évalué les distances. L'arbre était si haut, si grand que les proportions dont j'avais l'habitude n'avaient plus cours ici. J'avais estimé l'espace qui me séparait de lui d'après ce que je me rappelais d'un arbre *normal*. Mais tout ici était démesuré, ainsi ces contreforts, en arrière-plan, qui s'élevaient vers le ciel à chaque pas qui m'en rapprochait ; ainsi cet arbre, qui, à son tour, imperceptiblement, révélait sa taille réelle à mesure de ma progression. Comment avais-je pu oublier la hauteur de ses branches alors que je n'avais pas pu envisager d'y grimper sans l'aide d'une longue corde et d'un grappin ; alors que j'avais pensé qu'une trentaine d'hommes serait nécessaire pour composer la ronde capable de faire le tour du tronc ? Pourquoi m'être aventuré ainsi, à cette heure indue ? Le matériel prévu pour revenir les mains pleines – d'un fruit, d'un morceau d'écorce, d'une feuille – était resté dans mon sac. Je jetai un coup d'œil au ciel. Je calculai que si j'avais encore le temps d'atteindre l'arbre, je n'aurais pas celui du retour. La nuit n'était pas ce qui m'effrayait si je la laissais me surprendre. C'était l'idée du sommeil irrépressible qui l'accompagnait toujours, et celle de tomber dans cette gluance mousseuse, d'en être asphyxié. Mon instinct, et l'odeur d'éther sulfurique de plus en plus violente et dont mon masque parvenait de plus en plus mal à me protéger, me commandaient de faire demi-tour. Et pourtant, de la façon la plus folle qui soit, je m'élançai vers l'arbre, brassant des houles de gaz corrosif, la peau du visage en feu, les yeux brûlés, atteint d'un désir dément et irrésistible de toucher l'écorce.

« As-tu cherché, dans les biographies de Johannes Brahms, s'il existait des traces de cette aventure ? Si ce n'est pas un conte, il a forcément dû en parler à quelqu'un, insistait Hans Ingelbrecht, lors de nos nombreuses relations téléphoniques.

– Comme tu peux t'en douter, je me suis surtout intéressée à l'écriture de son œuvre musicale. J'ai lu aussi quelques biographies, bien sûr. J'en sais même suffisamment pour t'assurer que ce que je connais de sa vie corrobore les données de son récit.

– Par exemple ?

– Il aimait marcher seul. Il fumait effectivement le cigare. Il était même le seul qui avait le droit de le faire dans le salon de Clara Schumann. Et il fumait au piano en jouant à quatre mains avec elle. J'ai commencé à feuilleter les travaux de Florence May, qui l'a connu alors qu'elle était toute jeune. C'était une Anglaise, élève de Clara Schumann qu'elle avait suivie à Lichtental au début de l'été 1871. Un faubourg de Baden-Baden, la ville d'eau préférée de Clara Schumann. Brahms avait trente-huit ans quand cette jeune pianiste l'a rencontré pour la première fois. Il s'était bien évidemment installé à Baden-Baden lui aussi, dans un logement proche de la maison des Schumann.

– Le décrit-elle physiquement ?

– Oui, et même très précisément. Elle évoque son front magnifique et pensif, et ses yeux bleus, remarquables par leur expression d'intense concentration mentale. Elle dit de lui qu'il portait ses beaux cheveux blonds très longs et en arrière. Elle précise qu'il était toujours soigneusement rasé.

– Donc le récit, s'il est biographique, est postérieur aux souvenirs de cette jeune femme.

– Sans doute. Sauf s'il s'était laissé pousser la barbe pendant son excursion. J'imagine mal qu'il ait pris la peine de se raser chaque matin, seul au bout du monde.

– C'est pourtant bien dans la vie de Brahms qu'il faut chercher, non ? Il existe sûrement un musée qui lui soit consacré, où on pourrait trouver ses écrits ? Personne n'a publié sa correspondance ?

– Si elle l'a été, elle a dû être inspectée virgule après virgule, et il va sans dire que toutes ses biographies relateraient cet épisode, s'il en avait parlé ailleurs que dans les pages que nous avons...

– Certes, mais personne ne savait ce qu'il fallait y chercher. En dehors des musicologues, ceux qui se penchent sur les écrits de Brahms ne rêvent que d'une chose : trouver la preuve qu'il a bien été l'amant de Clara Schumann. »

Je promis à Hans Ingelbrecht de faire mon enquête. Je savais qu'il existait un musée Brahms à Hambourg, où je m'étais rendue. Ses objets personnels, ses écrits, ses meubles, tout y a été rassemblé, à quelques pâtés de maisons de celle de son enfance, où il est né mais qui a été détruite. On a reconstitué son univers personnel dans une copie d'époque. Je faillis appeler Hans Ingelbrecht pour lui donner l'adresse de ce musée, mais je me ravisai. N'était-ce pas à moi de me charger de cette enquête ? Je trouverais bien, dans les semaines à venir, le moyen de faire un aller-retour en Allemagne. Il y avait un autre motif à ce voyage : l'antiquaire et sa disparition. Plus je réfléchissais, plus je me persuadais que l'adresse annoncée à Hans était la bonne. Je l'avais soigneusement recopiée sur une petite carte, que je lui avais confiée un peu plus tard. D'un autre côté, il m'était impossible de mettre en doute le témoignage de mon ami, quand il assurait qu'il était plus qu'improbable qu'un brocanteur ait tenu boutique en ce lieu.

Hans est l'exemple vivant de la rigueur allemande. Se pouvait-il que nous ayons tous les deux raison ? Oui, si l'on admettait la troisième voie – celle du mystère, de l'impondérable, de l'irrationnel. Tout bien considéré, Hans avait raison au moins sur un point. C'était bien *autour* de Johannes Brahms, alias Karl Würth, qu'on pourrait dénicher une piste susceptible de nous mener à l'éclaircissement de cette énigme. Il était celui qui avait écrit ce récit. Il fallait donc découvrir la nature exacte de cette histoire. Avait-il tenté d'écrire une nouvelle fantastique, genre tellement en vogue à son époque, ou avait-il relaté une expérience personnelle et véridique, si effrayante qu'il l'avait tue à tous ? Je ne le saurais que si j'enquêtais dans les biographies du compositeur.

Je repris le livre de souvenirs de Florence May. Dans les pages qu'elle a consacrées à Brahms, je retrouvai avec plaisir les souvenirs de sa rencontre avec lui. Elle avouait qu'elle ne lui avait pas accordé une grande importance lorsque Clara Schumann les avait présentés, dans le salon de Baden-Baden. Brahms n'était pas encore célèbre en Angleterre d'où elle venait, et il n'avait d'yeux que pour Clara Schumann, leur aînée à tous les deux. Ce que je découvris de son caractère ne m'emplit pas d'optimisme quant à mes futures investigations : Florence May, comme les auteurs qui s'étaient intéressés à la personnalité de Johannes Brahms, insistait sur sa timidité, sa réserve. Parfois sombre, reconnaissait-elle, il ne s'animait que lors de ses conversations avec son hôtesse. En fait, il possédait tous les traits de caractère de l'homme du Nord, et plus encore, de cette région côtière la plus septentrionale de la Dithmarse, faite de landes, de marais et de basses dunes, que peuplent des hommes empreints de fatalisme, de résignation et d'une méfiance taciturne. Rudesse et sobriété des gestes, silence, refoulement de tout élan affectif, telles étaient leurs caractéristiques. Un roman fantastique, *L'Homme au cheval blanc,* signé Theodor Storm, avait révélé, à l'époque même du compositeur, l'essence de ces êtres doués d'un fatalisme muet. Je relevai dans les observations du romancier que ces individus ressentaient, dans la nature et jusque dans le règne animal, une espèce de présence qu'ils ne pouvaient nommer et dont ils ne cherchaient pas à élucider le mystère. Ce mystère, précisait Storm, ils le subissaient avec une sorte d'abnégation. Quant à la solitude, elle leur était indispensable. Soudain, ce qu'avançait Storm me rappela un autre auteur, allemand lui aussi, et un poème qu'il avait écrit sur le même sujet : *La Mer du Nord,* qui le résumait magnifiquement *:*

> *Sur le pâle rivage de la mer, je m'assis rêveur et solitaire.* […] *C'était un fracas étrange, un chuchotement*

et un sifflement, des rires et des murmures, des soupirs et des râles, sons caressants comme des chants de berceuses.

J'avais souvent lu ce poème, mais le dernier épisode du récit de Karl Würth me le faisait entendre autrement, dans l'éclairage glauque de son insomnie et des apparitions qui l'avaient terrorisé. « Tiens tiens », me dis-je. Ainsi, Heine lui aussi évoquait des rumeurs étranges, des bruissements, des frôlements. Et même s'il manquait les « sons caressants comme des chants de berceuses » à son aventure, je revis, à la lecture de ces cinq vers, le surgissement des êtres de nues face à Karl Würth, et dans le même instant, je ressentis de plein fouet l'atmosphère curieuse que produit l'irruption d'un élément fantastique.

En cette année 1871 où elle avait rencontré Brahms, Florence May avait retenu qu'il était un grand marcheur et qu'il vouait un amour passionné à la nature. « Au printemps et en été, il se levait avant l'aube, vers quatre ou cinq heures, écrit-elle, et après s'être fait chauffer lui-même une tasse de café, il partait dans les bois pour jouir de la délicieuse fraîcheur du matin et pour écouter le chant des oiseaux. » Je tournai les pages, avec l'agréable sensation de lire le portrait d'un ami. Hélas, rien dans ces Mémoires ne faisait état d'un voyage dans le Grand Nord dont Brahms serait revenu troublé, ou transformé.

Je poursuivis mes recherches. Je trouvai des déplacements en Suisse, puis en Allemagne : Pörtschach, Pressbaum, Wiesbaden, Mürzzuschlag, Thun, Bad Ischl, principalement des lieux baignés de lacs. Il avait fait aussi huit voyages en Italie, où il s'émerveilla de Venise, Florence, Rome, Pise, Gênes, Milan, Sienne, Orvieto et la Sicile. Ainsi, son âme si nordique avait su s'émerveiller d'autres climats, d'autres ciels, d'autres saisons. Pour un homme qui venait de Hambourg, l'Italie avait été la révélation d'une terre où l'allégresse était permise. Elle avait prouvé au compositeur que l'harmonie avait son lieu quelque part sous le ciel. Brahms en était devenu amoureux, au point de vouloir y emmener Clara Schumann. Je me rappelai l'anecdote qu'un ami avait citée dans son livre sur Brahms et qui dépeignait bien le grand homme, si loin de l'idée de toute gloriole : en 1878, à Rome, Brahms avait déclaré vouloir épouser une cuisinière italienne qui lui plaisait – et le vin qu'elle prodiguait. Celle-ci eut un mot qui fit pleurer de rire tout le monde, Brahms le premier : « *Sono romana, nata al Ponte Rotto, dove sta il tempio di Vesta, non sposero mai un barbaro !* (Je suis née romaine au Ponte Rotto, où se tient le temple de Vesta, jamais je n'épouserai un barbare !) »

Je pus tirer une première conclusion de ma lecture. Si l'aventure de Karl Würth avait laissé des traces dans le ton de ses œuvres, de toute évidence, Brahms n'avait pas entrepris ce voyage avant le passage de ses quarante ans. Pendant ces premières décennies, il avait composé en nombre valses et *lieder* – l'équivalent de « La Chanson de la plus haute tour » de Rimbaud –, dans une langue fluide et précise, archaïque et délicieuse. Ce ne fut que passé le cap de la quarantaine que Brahms ne serait plus que cette intonation puissante, hautaine et désolée d'une âme secrète, face à face avec... Avec quoi donc ? La vie elle-même ? la révélation d'un Autre Monde ? ou d'une Vérité indicible, sauf en musique ? J'allais fermer la biographie que je feuilletais, quand je tombai brusquement sur une petite note qui annonçait qu'à l'été 1876 – il avait alors quarante-trois ans –, Brahms avait préféré à Baden-Baden Sassnitz, dans l'île de Rügen, pour y passer l'été. Il avait élu cette île de la Baltique, à l'extrême nord de l'Allemagne, pour y retrouver le ciel et la mer nordiques tant aimés.

Rügen... Ce nom éveilla en moi un vague souvenir qui s'éteignit aussitôt. Ce lieu ne m'était pas inconnu, et pourtant je n'y avais jamais posé un pied. On m'attendait pour la répétition du concert que je devais donner deux jours plus tard, à Baden-Baden justement, où, nouvelle coïncidence, j'allais jouer le *Concerto en la mineur op. 54* de Schumann, sous la direction de Valery Gergiev. Mais l'impatience et la curiosité me taraudaient. Le pressentiment que cette sensation de déjà-vu était un signe, et ce bref souvenir qui s'était allumé puis éteint, me poussèrent à persévérer dans mes recherches. Rügen. Je cherchai dans ma bibliothèque, parmi les livres sur l'Allemagne que j'affectionnais tant, un ouvrage qui pût me renseigner. Je le trouvai sans difficulté et, d'un seul coup, toutes les informations déferlèrent sur la page et, avec elles, le lien qui s'était fait entre le lieu et mon inconscient. Rügen, c'était ce tableau de Caspar David Friedrich qui me fascinait tant, où trois individus frôlaient la mort au bord d'une falaise blanche et déchiquetée – les fameuses falaises de cette île dont on disait que leur craie était dotée de pouvoirs curatifs. Mais Rügen, c'était surtout, sur cette côte du Mecklembourg, au nord-ouest de l'embouchure de l'Older, la proximité avec Vineta, sorte de ville d'Ys allemande que Brahms avait chantée dans les chœurs si touchants de son *opus 42*. Inspiré par le poème de Müller, il avait mis en musique la lente immersion de la cité dans les eaux translucides de la Baltique lorsque les hordes barbares l'avaient attaquée.

Ainsi, déjà, avant de venir y passer les mois d'été, Brahms s'était montré sensible aux mythologies de ces îles et de leurs rivages. Était-il allé à Rügen pour découvrir les légendes propres à ce chapelet de terres, de marais et de landes ? Je poursuivis mes recherches. L'office du tourisme vantait le rempart en hémicycle où les anciens habitants des lieux sacrifiaient à Herta. Herta ? Cette déesse m'était inconnue, mais mon dictionnaire des mythologies me livra rapidement son histoire et sa généalogie. Et je restai stupéfaite : Herta n'était autre que la divinité de la Terre-Mère. Hermaphrodite, ou plutôt tantôt homme, tantôt femme, elle animait le cycle fécond des saisons et les mouvements des éléments. Elle symbolisait la Terre, mais aussi les océans où, selon la mythologie germanique, se déroulaient les métamorphoses fondamentales de la vie. Était-ce vraiment une simple coïncidence ? Cela donnait le vertige. Et ce vertige s'accrut lorsque je lus la suite. Herta, disait la fiche, « entretenait un rapport singulier avec la nature végétale et animale ». Déesse primordiale, originelle, elle avait épousé le premier être humain de la Création, et le couple qu'ils formèrent avait souvent été comparé à l'Ève et à l'Adam bibliques. « Une île lui était consacrée, poursuivait le dictionnaire. Seule y résidait la statue de la divinité, placée au milieu d'une forêt appelée Castum nemus. » Je frémis, certaine de toucher au but. Qu'avait donc vu Brahms là-bas ? Était-ce dans l'île de Rügen qu'il s'était aventuré lors de cette funeste excursion ? Pourtant, les descriptions des guides la disaient idyllique et douce, sans point commun avec la rudesse du climat atlantique où, spontanément, j'avais situé l'action du récit. Mais pourquoi me référer aux guides contemporains ? L'île, à l'époque de Brahms, était très peu fréquentée. Rares étaient les voyageurs qui s'aventuraient jusqu'à ses rivages, hormis quelques explorateurs audacieux – ceux, justement, peints par Caspar David Friedrich. On préférait alors les villégiatures à la mode. Quant au centre de l'île, il était occupé par de vastes forêts aux hêtres gigantesques, suffisamment inquiétants pour que le promeneur d'aujourd'hui n'y circule encore que les phares allumés en plein jour. À l'époque où Johannes Brahms avait parcouru les bois, la population était primitive, composée pour la plus grande partie de marins qui résidaient sur ses rivages. Si l'île était célèbre, ce n'était pas pour ses falaises mais pour son nombre élevé de naissances illégitimes et pour les bagarres qui ne manquaient jamais d'éclater le soir, après les ripailles et les beuveries.

Brahms s'était installé à Sassnitz, la capitale de Rügen, à l'auberge de Henschel, où il s'était attelé à la composition de sa *Première symphonie*. Sassnitz, en son temps, n'était rien de plus qu'une toute petite bourgade nichée dans l'un des rares endroits accidentés de l'île, dans le creux d'un à-pic qui tombait dans la mer. On ne pouvait rêver meilleur endroit pour travailler, ni silence plus profond pour s'éprendre de musique. Il ne faisait aucun doute que, fidèle à ses habitudes, Brahms avait dû partir de bon matin pour faire ses promenades bien-aimées le long des côtes dentelées. Était-il tombé sur le temple de Herta ? Avait-il, à partir de cette découverte, imaginé un conte fantastique que j'avais retrouvé dans les plus étranges des circonstances ?

Incapable de répondre à ces questions, je les notai sur une feuille de papier pour y réfléchir plus à loisir et je continuai mes recherches, poussée par une inexplicable intuition. C'était à Rügen, j'en étais certaine, que résidait une part de l'explication du mystère. Je passai prestement d'une rubrique à l'autre. Et je trouvai enfin. Rügen n'était autre que la légendaire île de Bouïane de la mythologie slave. Alexandre Pouchkine avait raconté son histoire dans un long poème, *Le conte du tsar Saltan*, dont Nikolaï Rimski-Korsakov avait fait un opéra. Selon la légende, trois frères, le Vent du nord, le Vent d'ouest et le Vent d'est, se partageaient cette île, qui avait la capacité d'apparaître et de disparaître à volonté. Vivait aussi, sur son domaine, le sorcier Kochtcheï, l'immortel Kochtcheï que personne ne pouvait tuer et qui avait un dragon pour gardien. Son âme était séparée de son corps, et il l'avait dissimulée dans une aiguille, elle-même cachée dans un œuf, avalé par une cane, à l'intérieur d'un lièvre, terré dans un coffre de fer, enfoui sous un chêne.

Mon cœur se mit à battre légèrement plus vite. Ce chêne n'était pas n'importe quel arbre. Il s'agissait du chêne mystique, doté de douze racines, que les peuples du Nord nommaient Yggdrasil, l'Arbre-Monde, posé sur la

Pierre-Alatyr, Centre du Cosmos et Père de toutes les pierres. La légende voulait que celui qui trouverait cette pierre verrait tous ses désirs exaucés. Les vivants qui parvenaient à découvrir l'arbre et à l'approcher étaient instantanément reliés aux mondes inférieur et supérieur. Dans cet « Autre Monde », s'était aussi réfugiée l'épouse du tsar Saltan, jetée dans un tonneau à la mer par ses sœurs jalouses, avec son fils, le prince Gvidone. Échoué sur les rivages de l'île Bouïane avec sa mère saine et sauve, le jeune prince s'était armé d'un arc taillé dans une branche du chêne magique, puis il était parti chasser. Quelques pas dans ce lieu sauvage, sombre et riche en métamorphoses, et voilà qu'il avait aperçu un cygne attaqué par un oiseau de proie. Gvidone avait délivré le cygne, qui n'était autre qu'une jeune fille ensorcelée par le sorcier Kochtcheï et qui ne révélerait son essence humaine au prince que lorsque celui-ci émettrait le vœu de l'épouser. Le Cygne était une princesse au port altier, par qui le monde pouvait s'enfanter et la joie renaître. Dans ses cheveux, elle portait un croissant de lune et au front, une étoile…

On tapait à la porte de ma chambre. J'étais en retard pour ma répétition, mais heureuse. Le survol rapide auquel je m'étais livrée confirmait mon intuition. Yggdrasil, l'Arbre-Monde qui reliait les différentes parties du Cosmos, la déesse Herta, divinité protectrice de la Terre, le temple érigé pour elle et qui apparaissait sur l'une des *Brahmsphantasie* de Max Klinger, la Lune et l'étoile au front du Cygne, que peut-être Karl Würth disait avoir aperçus à la frondaison de l'arbre immense qu'il rêvait d'atteindre dans sa clairière... Tout se rejoignait, tout correspondait. Ma décision fut prise en quelques secondes. Plutôt qu'à Hambourg, j'irais dans un premier temps à Rügen. Je désirais traverser l'île à mon tour, retrouver les lieux où Johannes Brahms avait résidé, ceux qu'il avait parcourus et hantés. Quelque cent cinquante ans s'étaient écoulés depuis son voyage, mais je misais sur mon empathie naturelle avec le compositeur, et sur la puissance d'évocation de ses récits, pour retrouver ses traces et celles d'Yggdrasil. J'avais l'intime conviction d'y parvenir.

On toqua une nouvelle fois à ma porte, mais je ne pus attendre pour raconter, dans ses grandes lignes, le fruit de mes recherches à mon ami Hans Ingelbrecht et pour lui annoncer ma visite très prochaine en Allemagne. Mon exposé fut accueilli par un profond silence. Je crus même que la communication avait été coupée. Puis Hans me dit d'une voix blanche :

« Tu n'imagines pas à quel point je suis abasourdi, voire vaguement effrayé.

– Pourquoi ? »

Encore un silence. Hans semblait peser ses mots, ou peut-être tentait-il de prendre toute la mesure de ce qu'il avait compris et qu'il allait me révéler :

« C'est à Rügen que s'est déclaré le premier cas de grippe aviaire. En 2006. Et c'est encore à Rügen que, trois ans plus tard, cette maladie s'est transmise à un autre mammifère. Un chat.
— Et alors ?
— Cet oiseau, le premier oiseau malade, était un jeune cygne. »

*

Il n'y avait qu'un moyen de dissiper le malaise qui avait suivi ma conversation avec Hans Ingelbrecht. Dès mon retour à l'hôtel après le concert, heureuse qu'il n'y eût point, comme à l'habitude, un dîner avec les autorités du théâtre, de la ville et du disque, je consultai les archives sur le sujet. Cette maladie, que les responsables sanitaires brandissaient chaque année comme une forme virale de l'Apocalypse, tenait depuis une dizaine d'années les médias en haleine. Depuis qu'on avait isolé la souche H5N1 du virus en 2004, l'Office mondial de la santé prévoyait une pandémie à l'échelle planétaire et avançait ses chiffres. Si la grippe aviaire devenait contagieuse d'homme à homme, elle tuerait jusqu'à cent millions de personnes, parmi plusieurs milliards de malades. Selon d'autres évaluations, le nombre de morts, dans les trois années qui suivraient les premiers cas, devait s'élever de sept millions quatre cent mille à trois cent vingt millions en deux ans. Cela, je l'avais entendu mille fois, comme tout le monde, dans tous les pays du monde. Je pris conscience que je ne savais pourtant rien de cette maladie. D'où venait-elle ? Quand était-elle apparue ? Il s'agissait bien du virus de la grippe, mais sous une forme particulière qui infectait les oiseaux, qu'ils soient sauvages ou domestiques, et rien n'expliquait ce qui avait permis cette propagation effrayante chez les êtres à plume, au point qu'on parlait désormais de peste aviaire. Si nous nous intéressions à l'hécatombe qu'elle provoquait chez eux, ce n'était que depuis sa transmission à l'homme, tout à fait inédite.

On pensait que la terrible grippe espagnole, apparue pendant la Première Guerre mondiale – la première tentative de meurtres de masse à l'échelon international –, était sans doute une première attaque de grippe aviaire. Le conflit et l'impossibilité technique d'isoler alors le virus avaient empêché toute recherche scientifique. Mais depuis, on connaissait ce virus, appelé HN, ainsi que ses capacités d'adaptation. On avait compris que les cent quarante-quatre combinaisons possibles du virus grippal Influenza avaient *toutes* le pouvoir d'infecter *toutes* les espèces d'oiseaux sans exception, mais aussi qu'elles mutaient. Parmi elles, six avaient acquis, lors de leurs mutations, les caractéristiques leur permettant d'infecter l'homme. La famille des tueurs s'était alors constituée. H1Nx, H2Nx, HxN1, jusqu'à H5N1, qui avait fauché, effectivement, deux cent quarante-cinq personnes en 2008. Les auteurs des articles scientifiques se félicitaient des erreurs d'estimation initiales de l'Organisation mondiale de la santé. Qu'étaient deux cent cinquante personnes, contre les millions de morts annoncés ? Pour autant, personne ne pouvait se réjouir de l'éradication de la maladie. Le risque était toujours présent, et le foyer, chez les oiseaux d'Asie du Sud-Est, tout à fait actif.

Ce qui m'intéressait, maintenant que j'étais alertée par la remarque de Hans, c'était la façon dont s'opérait la contamination de la faune. Comment contrôler les migrations des oiseaux ? Comment intervenir sur l'un des derniers espaces encore libres et indomptés – le ciel ? Le cygne infecté découvert sur l'île de Rügen était un oiseau sauvage, avait précisé Hans Ingelbrecht. Brusquement, l'eau-forte de Max Klinger me revint en mémoire. Les seuls êtres vivants qu'il avait représentés sur le croquis où la nuit enflait, chargée de fantômes de brume, étaient trois oiseaux blancs... Trois grands oiseaux blancs au col de cygne.

En cherchant les réponses à la question qui me préoccupait, je tombai sur un rapport de l'Organisation des Nations unies sur l'alimentation et l'agriculture. Il datait d'août 2006. Et ses conclusions étaient sans appel. Les excès de l'industrie agricole, les déjections de l'activité humaine et l'élevage intensif s'avéraient la source du désastre de la grippe aviaire. La pandémie n'était pas apparue spontanément, mais à partir des matières infectées – œufs, excréments des oiseaux, carcasses, plumes, charognes – déversées dans la nature. Les matières fécales des oiseaux, lorsqu'elles n'étaient pas utilisées comme engrais, étaient épandues dans les marais et dans les rizières sans traitements préalables. Des conduites les évacuaient souvent directement depuis les batteries d'élevage jusqu'aux cours d'eau. Ces mêmes cours d'eau, en aval, étaient pompés pour assurer l'irrigation des terres. Pour saisir l'ampleur du danger, il suffisait de rappeler que pour la seule année 1997, les animaux élevés de façon industrielle aux États-Unis avaient « produit » un milliard et demi de tonnes de déchets. Et comme toujours quand il s'agissait du milieu naturel, le mal ne pouvait être isolé. Entre les poulets et les canards d'élevage et les oiseaux sauvages, d'autres espèces s'étaient révélées porteuses de la maladie, que les scientifiques nommaient les « espèces relais ».

Les rats, les souris, les porcs. Je visionnai un reportage sur un élevage industriel. C'en était fini de l'image du petit poussin jaune, symbole de l'innocence, qu'on mettait dans la main des écoliers. Sur l'écran, on voyait de la matière vivante chahutée comme des paquets de lessive, jetée dans l'acier des chaînes industrielles, distribuée par cartons, livrée aux batteries où, sans lumière, sans espace, serrés les uns contre les autres, ceux qui avaient été jadis des poussins voletant dans les basse-cours étaient gavés d'antibiotiques et d'aliments industriels dont on frémissait de connaître la composition, avant d'être abattus et... « transformés ». On ne les comptait même plus en unités, mais au poids de viande qu'ils représentaient. En 1964 encore, on évaluait l'élevage en têtes de volaille – quatre milliards. Désormais, c'était en tonnes de viande – quelque quatre-vingt-un millions de tonnes de volailles « produites » chaque année, la plupart dans les pays pauvres – Brésil, Thaïlande, pays d'Afrique –, où des agriculteurs sous contrat vendaient à des multinationales les poussins qu'elles leur avaient fournis, avec l'alimentation et les antibiotiques pour accélérer leur croissance. Des essais de médicaments étaient tentés sur eux pour réduire à quarante les quarante-cinq jours nécessaires pour obtenir un poulet adulte. C'est qu'il fallait répondre à la demande mondiale, argumentait le commentaire. Or l'homme est de plus en plus carnivore. Il lui faut de la viande, de plus en plus de viande, les riches pour se gaver davantage, les pauvres pour faire comme les riches. Le poulet avait comblé cette demande exponentielle en des temps records. Mais de plus en plus manipulé, de plus en plus exploité, de plus en plus fragile, il était devenu l'hôte de maladies telle cette peste aviaire, dont nous avions contaminé la faune sauvage. Et il restait la victime des risques auxquels on l'avait soumis avec l'industrialisation, la mondialisation des filières et le développement de la chaîne du froid. Dès qu'apparaissait l'épizootie, on abattait. Aucune remise en question du système n'était envisagée. On abattait.

Entre 1983 et 1984, l'apparition du H5N2 avait coûté la vie à dix-sept millions de volailles, certes élevées à cette fin, mais... La liste s'était allongée d'année en année. 1994 : H7N3 au Pakistan : deux millions de volailles exterminées. H5N2 au Mexique : vingt-six millions de volailles. H7N1 en Italie en 1999 : douze millions de volailles. Ce fut le tour plus tard de la Chine, des Pays-Bas, de la Belgique, de l'Allemagne. En vain. Les observateurs avaient constaté en 2005 que le virus était devenu endémique et s'étendait de la Chine vers la Russie, la Turquie, la Crimée et enfin vers toute l'Europe de l'Ouest.

Il y avait plus alarmant encore : en 2004, des scientifiques chinois avaient reconnu que les porcs étaient infectés par la maladie. Les porcs, qui avaient la particularité de pouvoir être contaminés à la fois par le virus aviaire et le virus humain de la grippe. En les contractant en même temps, cet animal devenait un creuset pour l'ultime mutation – une peste aviaire capable d'infecter l'homme. Ce scénario avait peut-être eu lieu en 1918, et sans aucun doute en 1957 et en 1968, où plus de un million et demi de personnes étaient décédées dans cette épidémie. Cela avait été aussi le sort des vingt-deux morts chinois en 2013, frappés par le virus H7N9.

Suffisait-il de protéger les personnes en contact prolongé avec les volailles de batterie pour se prémunir de la maladie ? On s'était rassuré avec cette idée, sans réfléchir à d'autres méthodes d'élevage, tel le retour à de petites unités en plein air, ni remettre en cause notre consommation de viande. Les morts, que représentaient-ils pour ces multinationales qui avaient asservi et quasiment ruiné les agriculteurs indépendants ? Des unités de travailleurs appliquées à produire des unités de viande. Les éléments d'un processus de production économique sans pitié, sans âme, où seuls comptaient les rendements et les gains. On confrontait deux logiques inconciliables : le sacré et le profit. La tradition et le progrès. Aux arguments de la vie, de son caractère éminemment précieux, on répondait par un constat d'impuissance : « Il faut bien nourrir tout le monde. »

Je connaissais le discours par cœur, pour l'avoir entendu en boucle à propos des loups. Et depuis quelques années, je sentais que le camp de l'économique reprenait de la force. Après la campagne de sensibilisation qui avait ému les populations américaine et européenne sur la menace d'extinction qui pesait sur plusieurs espèces de loups, après leur réintroduction, dans le Mercantour en France ou dans le parc de Yellowstone aux États-Unis, les discours avaient commencé à changer. C'est qu'il y avait, de façon bien établie, deux forces en présence, l'une opposée à l'autre : la présence du loup et l'équilibre qu'il apportait à la chaîne naturelle, et le coût qui en résultait pour la communauté. Le coût ? C'est-à-dire l'obligation pour les éleveurs de garder leurs troupeaux, comme ce fut toujours le cas, d'engager des bergers, de laisser parfois de vieilles bêtes mourir dans la gueule des loups. On avait alors commencé à exposer la logique comptable. Le prix de l'agneau calculé au prix de sa viande en boucherie. Et je m'étais mise à penser qu'il n'était pas anodin qu'on appelle aujourd'hui l'agriculteur un « exploitant agricole ».

Le spectre du loup mangeur d'homme avait été brandi, et l'addition avec lui. Ce qui était accepté et vécu comme une loi de la nature en Espagne et en Italie était jugé intolérable en France. J'avais appris à l'école la morale du *Loup et l'Agneau* qui voulait que la raison du plus fort soit toujours la meilleure. On assistait désormais à un curieux retournement. Le plus fort était devenu l'agneau, et il était de plus en plus difficile de tenter d'exposer les questions de biodiversité ou de survie de l'espèce, face à la volonté de maximiser les profits et de soumettre le monde à la logique de la production. Certes, les loups attaquaient des agneaux. Mais ils les attaquaient parce que les meutes étaient privées d'autres proies par les chasseurs, et les chasseurs ne toléraient aucune compétition dans ce qu'ils appelaient un « sport ». C'est ainsi que le ministère de l'Environnement même avait autorisé l'abattage de loups. On n'en avait pourtant recensé que deux cent cinquante sur tout le territoire français. Plus extravagant encore, on avait entendu la ministre de l'Écologie, incapable de s'opposer à l'ordre d'abattage, proposer des écoles, sans aucun doute républicaines, pour « éduquer » les loups ! Serait-ce la dernière chance d'entendre Jean de La Fontaine et ses *Fables*, devant une classe de louveteaux dont on aurait limé les crocs ?

Aux États-Unis, les lobbies d'éleveurs et de chasseurs ont obtenu la levée de la protection fédérale des loups des Rocheuses, pour laquelle nous nous étions tant battus, dans une guerre que nous pensions gagnée. La nouvelle est tombée, funeste, le 4 mai 2011 : le Congrès retirait de la liste des espèces menacées le loup gris des Rocheuses, jusque dans les États où la survie de l'espèce restait vulnérable. Hormis le Wyoming, tous les États pourraient reprendre la chasse, qu'ils ont d'ailleurs reprise. En dix mois, un vingtième de l'espèce était abattue, ou achevée dans les pièges où ils étaient tombés, sur les terres mêmes où, avant l'arrivée de l'homme blanc, le loup était respecté et vénéré. Que s'était-il passé ? Une absurdité dont l'homme était encore à l'origine, mais dont le loup faisait les frais. Pour complaire aux pêcheurs, on a introduit – illégalement – dans le parc de Yellowstone la truite grise, appelée omble du Canada (*Salvelinus namaycush*), un poisson carnivore qui se nourrit de truites fardées (*Oncorhynchus clarki bouvieri*), nourriture des ours grizzly. Le nombre de truites fardées a alors chuté de quatre-vingt-dix pour cent en vingt ans et le grizzly, affamé, s'est rabattu sur le wapiti. Au milieu des années 2000, les ours ont tué, chaque année, quelque quarante pour cent des jeunes wapitis (contre douze pour cent à la fin des années 1980). Ils étaient ainsi devenus les concurrents des loups, obligés à leur tour de chercher d'autres territoires de chasse et d'autres espèces à dévorer.

L'histoire s'est répétée en Iakoutie, l'immense territoire de Sibérie où le président de la République en personne a décrété ouverte l'extermination des loups. Privés de leur nourriture habituelle – le lièvre blanc, lui-même chassé à outrance par l'homme –, les loups avaient quitté leur habitat naturel, la taïga, pour migrer vers des régions plus centrales où ils se sont attaqués aux troupeaux de rennes et aux chevaux. Trois mille loups ont été ainsi éliminés sur décret gouvernemental, et beaucoup d'autres encore par braconnage, pour leur peau, pour leurs dents, pour la gloriole du trophée. Quels territoires resteront aux animaux sauvages ? Les zoos, où des enfants blasés viendront, dans la plus grande indifférence, regarder les derniers représentants de la faune s'éteindre entre quatre grilles, et emporter dans leurs yeux tristes les dernières images des espaces sauvages ? Sauvages… À la lecture des horreurs commises par l'homme contre lui-même – mais qui le lui rappelle ? –, j'ai eu plus que jamais le désir de m'ensauvager de nouveau. De repartir, de me replier à Salem et d'y choisir mon camp de la façon la plus radicale.

*

Je songeai au récit de Karl Würth, au Cygne blanc du conte de Pouchkine, symbole de la renaissance et de la fécondité de la Terre, au cygne sauvage mort de la peste aviaire, premier oiseau touché sur ce continent. Les parallèles ne cessaient plus de se dessiner entre le présent et le passé que hantait Johannes Brahms. Les coïncidences se révélaient de plus en plus troublantes. Devais-je imaginer que la forêt maléfique décrite par Karl Würth était une sorte de symbole, une prophétie des affres que la Terre-Mère subissait aujourd'hui ? Le compositeur avait-il pressenti, dans le grand élan du romantisme allemand, les horreurs promises par la technique et le progrès ? La *Naturphilosophie* de Schubert les avait évoquées. Mon imagination débordait-elle ? Cependant, comment ne pas s'étonner que les premiers signes de l'épidémie qui décimait les oiseaux sauvages et menaçait l'homme se soient manifestés sur l'île où, autrefois, vivaient les Vents, où on adorait la divinité de la Terre-Mère, où s'élevait l'Arbre-Monde ; et qu'elle se soit déclarée dans le corps même de ce cygne blanc, qui symbolisait les noces de l'homme et du cosmos, de la pureté et de la guerre ?

J'hésitais encore à le croire, quand je lus les dernières lignes du rapport de l'Organisation mondiale de la santé. Dans les scénarios possibles de la mutation du virus de la grippe aviaire provoquant une épidémie mondiale et mortelle, je découvris avec un frisson d'horreur que le risque le plus probable était le passage et l'adaptation à l'homme du virus *en région arctique, où la consommation de viande crue d'animaux est une tradition vivante.* Dans ces régions dépourvues de bois, de fruits et de légumes, la consommation de viande crue, plus riche en vitamines, est en effet une tradition. Elle concerne tous les êtres vivants en haut de la pyramide, humains, phoques et certains cétacés. Tous consomment des oiseaux susceptibles de porter le virus H5N1, telle l'oie des moissons. « On sait que ces mammifères sont potentiellement sensibles au H5N1, soulignait le rapport. On a, de plus, noté lors des pandémies précédentes que les populations esquimaudes et Inuits ont été particulièrement affectées, notamment en pourcentage de la population tuée par le virus. »

J'ai replié lentement les feuillets du rapport. La vision de mes forêts bien-aimées, de Salem et des enclos où m'attendaient les loups, des vastes espaces si purs du Grand Nord me revint dans une bouffée de nostalgie inquiète. Si les oiseaux de Max Klinger portaient bien sur leurs ailes ce péril mondial, alors ce serait depuis là-bas que la mort prendrait son *envol*.

*

Salem... Un malaise sournois ramenait mes pensées vers mon Centre où j'avais de plus en plus l'impression d'avoir laissé une part de moi-même. J'avais déjà éprouvé, à un moment de ma vie passée, la nécessité de revenir vers l'Europe pour me consacrer tout entière à la musique, rien qu'à la musique, et, dans le même temps, me rapprocher d'êtres chers. Il me semblait alors que l'essentiel avait été accompli avec les loups et que, désormais, je pouvais ne les voir qu'à intervalles réguliers, dans une distance désormais salutaire. Comme Brahms, j'avais eu besoin de m'échapper, de me retirer sur le bord d'un lac, et dans un endroit libre de souvenirs. J'avais établi domicile à Weggis, au bord du lac des Quatre-Cantons, en

Suisse, avec le désir de prendre de la hauteur et de mieux réfléchir à mon chemin d'artiste. J'avais pris conscience qu'il faut beaucoup de temps pour apprendre qui l'on est, et si ce temps je l'avais eu, il en fallait aussi beaucoup pour devenir ce qu'on veut être. Je connaissais désormais mes forces et mes faiblesses. De ces dernières, je m'appliquais à faire des atouts pour continuer le dur travail de mettre au monde celle que je voulais devenir : une pianiste décidée à habiter l'éternité dans le moment. Une pianiste capable, toujours, éternellement, d'effusion et de fulgurance. Cet état, hélas, n'est jamais donné. Même à force de travail, il n'est jamais acquis. Ce qu'il exige est d'une tout autre nature. Il s'agit, en fait, d'être capable de cette extrême attention qui conduit à l'occupation physique et totale du territoire de l'instant. Cela peut sembler obscur, et pourtant, une fois qu'on a saisi cette idée *en la vivant au moins une fois dans sa vie,* elle devient lumineuse. Vivre l'instant et dans l'instant, ce n'est pas se laisser aller au flot du temps, ni s'abandonner tel un petit bouchon au cours de la journée, sans permettre aux regrets – la concrétion des instants passés –, ou à l'inquiétude – la perspective des difficultés à venir –, de polluer ce moment précis. Vivre l'instant, c'est apprendre à rester conscient de tout ce qui nous entoure et d'en nourrir notre âme. Les loups m'ont appris cette vigilance de l'esprit et que le temps peut être un territoire qu'on se doit d'occuper avec plénitude. Souvent, la fatigue, la routine, la frivolité font écran à cette faculté. La charge de travail paraît si lourde qu'on lui préfère mille autres distractions, sans vouloir admettre leur caractère dangereusement chronophage. J'avais appris, ces dernières années, à dire non, et compris la liberté que ce refus octroie. Non avec rigueur. Non avec détermination. Non, pour mieux travailler et, sur scène, redonner à l'instant tout ce qui le sous-tendait, pour le déployer en musique et le partager.

On met toujours très longtemps à comprendre que, dans ce qui constitue notre être, il y a la part des autres, qu'on leur doit, et qui induit une gratitude. La charité et la générosité sont dans cette reconnaissance. Les loups entrent en grande partie dans la mienne. Ils m'ont appris une attention aiguë à ce qui m'entoure et l'abandon aux forces présidant à notre destin – le vent, le ciel, le désir, la mort. Dans ma solitude suisse, pendant mes heures de travail, leur enseignement remontait en moi. Il m'a aidée à maintes reprises, ainsi dans mon interprétation de la *Fantaisie chorale* de Beethoven. C'est grâce aux loups et aux heures passées avec eux sous la lune que j'ai saisi *combien* cette pièce de musique célèbre la nature et l'art, et sacralise la musique, transmutée en soleil de printemps. Les loups, je ne les ai jamais abandonnés, bien sûr. Je suis restée attentive à la destinée du Centre de South Salem, et présente lorsqu'un problème s'annonçait. Comment aurais-je pu leur tourner définitivement le dos ? J'ai l'immense privilège de vivre de ma passion, et si je désire plus que tout la partager en tentant d'en donner le meilleur, je ne veux pas renoncer à aider tous ceux qui ont la Nature et sa protection comme ligne d'horizon. Je suis restée proche des gens qui œuvrent comme volontaires, et souvent comme bénévoles, pour que des projets d'ordre écologique voient le jour. Je cherche à leur apporter mon soutien à tous, que ce soit au sein d'organismes internationaux comme le WWF (World Wildlife Fund), le WFN (Worldwide Fund for Nature) ou Amnesty International, ou beaucoup plus modestes comme le North Salem Open Land Foundation. J'avais pensé que ce dilettantisme pourrait me satisfaire, même si je ne suis jamais parvenue à tempérer mon caractère entier, compulsif et radical. Mais l'accumulation de mauvaises nouvelles dès qu'il s'agissait d'écologie ou de protection des prédateurs, ou du sort d'une timide et dernière violette au bout du monde, et maintenant les récits de Karl Würth, m'amenaient à un constat : il faut tout choisir, comme disait Thérèse d'Avila. Décupler ses forces et se décupler dans la guerre à mener contre le mensonge et la destruction. Mes volets clos sur le monde, en Suisse, s'ils avaient assourdi la plainte des derniers gorilles exterminés dans la quasi-indifférence, le cri des bébés phoques qu'on continuait de massacrer, les gémissements des loups pris au piège et assassinés, s'ils avaient dilué le sang des requins dans les abysses des océans, ne les avaient pas abolis. La musique, ma passion, est plénitude si elle entretient mes colères et mon étonnement d'être là, dans ce monde, et si elle continue à me rappeler que l'homme émerge et émergera toujours de la nature, que nous sommes une part de l'univers en construction dans quoi je suis impliquée, et invitée. Car qu'est-ce qu'exister, sinon faire partie de l'univers et de son mouvement ? Qu'est-ce qu'exister, sinon participer à la vie ?

Si je ne voulais plus entendre l'antienne du « progrès contre lequel on ne peut rien », je devais, de nouveau, entrer dans le combat, qui est d'étendre la charité au monde vivant, à toutes les créatures. Ce qu'on appelle progrès, désormais, n'est autre qu'un fatalisme pernicieux, l'abandon des forces de son propre destin à des entités inconnues, avides non pas de progrès au sens propre, mais d'argent et de pouvoir. Le développement scientifique, nous ne pouvons peut-être pas l'empêcher, mais nous pouvons le contrôler sur le critère du bénéfice à la fois pour l'homme et pour la nature. Nous devons inviter l'avenir à tenir sa place dans le cours des décisions, et non plus l'occulter, le nier, comme c'est le cas aujourd'hui, remettant à de futures découvertes

– auxquelles personne ne se consacre – la solution des catastrophes en cours. Dans ma solitude suisse, dans l'isolement qu'avait provoqué la maladie qui m'a mise entre parenthèses pendant de longs mois, j'avais médité sur la question du désastre écologique, sur ce point irréversible d'épuisement de la planète, et sur le critère capable de séparer, dans les découvertes scientifiques, le bon grain de l'ivraie. Il m'était alors apparu, dans une lumineuse clarté, qu'il existait un étalon irréfutable pour juger de la qualité du développement scientifique – et cet étalon, c'était l'art. Parce qu'elle a procédé de la même inquiétude sur le sens de la vie et sur le cours du temps, la création artistique a toujours été liée à la création scientifique. Comme il est curieux, à bien y réfléchir, que la conscience de la mort, qui est l'apanage de l'homme parmi toutes les créatures de la nature, et l'inquiétude qui en résulte, comme il est curieux que cette conscience, alors qu'elle a créé celle du transcendant et engendré toute création artistique et scientifique, n'engendre plus rien chez l'homme, dès qu'elle touche l'univers et sa destruction. Les hautes heures de l'humanité, dans les civilisations les plus raffinées qu'elle a su élaborer, sont celles où, dans un pas de deux, indissociablement liées, l'expression artistique a accompagné la science. Et je suis toujours frappée par les enjeux de la musique dans ce siècle. Elle est non seulement beauté, verbe universel, déploiement d'une émotion et de l'intuition d'une présence supérieure, mais force douée du pouvoir de ressaisir le passé, de reverdir la mémoire pour inventer l'avenir. En cela, la musique est pure transcendance. En cela, elle replace l'homme dans son humanité la plus noble – son pouvoir de répondre à l'angoisse en dépassant la mort. Et celui qui l'interprète, capable d'une attention extrême non seulement à ce qu'il joue, mais à ce qui se joue dans l'instant de son jeu, devient le passeur d'un monde à l'autre. La musique, pour se déployer, a besoin d'un être vivant qui l'incarne. «Vivant» veut dire relié au monde, participant à son élaboration, à la construction de l'univers tout entier. Ainsi, le désir de retourner à Salem, de plain-pied dans la nature et le combat, s'imposait à moi chaque jour un peu plus. Il devint impérieux lorsque, sous le coup des récits de Karl Würth et des recherches que j'avais entreprises, je décidai d'en savoir un peu plus sur ce qui avait fait la réputation de ce lieu, la fameuse affaire des sorcières qui avait secoué tout le comté au début du XVIIe siècle.

Mon Salem n'est pas celui qui a vu cette chasse aux suppôts de Satan. Celui-là, toujours situé dans le Massachusetts, au nord de Boston, fief historique du puritanisme, s'appelle désormais Danvers. Mais, je l'ai dit, les noms ont un pouvoir et il ne m'a jamais déplu d'installer le Centre pour la préservation des loups à cette adresse.

Et puis, Salem est le premier nom de Jérusalem. Il signifie « paix » et son roi-prêtre s'appelait Melchisédech, « le roi charitable ». Melchisédech n'a-t-il pas offert du pain et du vin à Abraham, alors qu'il rentrait du combat harassé, assoiffé et affamé ?

L'affaire des sorcières avait commencé un jour de février 1692, dans cette bourgade coupée de tout, ensevelie sous une épaisse couche de neige et harcelée par les attaques des Indiens que ces premiers colons, de stricte croyance puritaine, assimilaient à des êtres démoniaques déterminés à réduire en cendres la Nouvelle Jérusalem qu'ils étaient venus édifier dans cette partie du monde, loin des péchés et de la corruption de la vieille Europe. À Salem, les autorités de la ville se résumaient au pasteur Samuel Parris. Cet ancien négociant avait vécu dans les Indes occidentales, d'où il avait ramené une esclave, Tituba. Elle n'était pas noire, comme le voudrait la légende plus tard, mais indienne, de l'ethnie des Arawaks. Elle avait été capturée enfant et vendue comme esclave sur le marché de La Barbade. Comme ceux de son peuple issus de la forêt amazonienne, elle entretenait avec la nature un dialogue secret et continuel, fait de cérémonies et de dévotions, de recherches de signes que le destin aurait organisés dans les éléments, les végétaux, les animaux. Elle connaissait le secret des plantes, leurs pouvoirs de guérison, d'exaltation ou de mort. Un culte des Arawaks avait étonné les conquistadores : ils tenaient les animaux pour des êtres dotés d'esprit et les respectaient. Ils ne les tuaient que pour se nourrir, de la façon la plus frugale qui soit. Avant la chasse, au cours de rituels qui réunissaient tout le village, ils leur demandaient de les excuser de leur ôter la vie et les remerciaient longuement de leur offrir leur viande. Le respect profond avec lequel ils traitaient le règne animal et chaque plante de la forêt, l'harmonie dans laquelle ils vivaient ensemble avaient provoqué la stupéfaction de Christophe Colomb, lorsqu'il les avait découverts en débarquant sur les îles des Bahamas. « Ils nous apportèrent des perroquets, des ballots de coton, des javelots et bien d'autres choses, qu'ils échangèrent contre des perles de verre et des grelots. Ils échangèrent de bon cœur tout ce qu'ils possédaient. […] Ils ne portent pas d'armes et ne les connaissent d'ailleurs pas. Ils feraient de bons serviteurs. Avec cinquante hommes, on pourrait les asservir tous et leur faire faire tout ce qu'on veut. »

Leur culte rendu à la Création et à ses créatures semblait au conquistador le signe d'une grande infériorité de pensée, assortie d'une faiblesse d'esprit. En deux ans, l'exploitation que les Espagnols firent de ce peuple réduisit de moitié sa population, qui était d'un demi-million d'hommes et de femmes. En 1515, il ne subsistait plus, sur Haïti, que quinze mille Indiens, et, en 1650, tous avaient disparu de l'île. Des doux et joyeux Arawaks de Haïti et des Bahamas, il ne restait plus personne, hormis ceux qui avaient pu fuir vers d'autres îles des Caraïbes, et ceux qui avaient été capturés comme esclaves et déplacés vers d'autres terres, comme la petite Tituba...

On doit à Urbain du Roissey, corsaire normand qui sévissait dans la mer des Antilles, l'observation des mœurs et des coutumes des Arawaks. Entre deux prises de galions espagnols, le navigateur relâchait dans la baie de Saint-Martin, dont il vantait la douceur, la beauté et la population à son ami le chevalier des Deffends, dans de longues lettres que ses héritiers ont conservées et fait publier. Impatiente d'en savoir davantage sur ces Indiens, je commandai le livre et retournai à mes sorcières de Salem. Que s'était-il passé là-bas, qui avait provoqué cette déflagration de haine et envoyé à la mort vingt personnes, sur la centaine qui furent accusées ?

Deux petites filles, Betty, neuf ans, et sa cousine Abigail, onze ans, présentent tous les symptômes de la possession démoniaque. Elles se contorsionnent, disent des obscénités, prononcent des paroles dans ce qui semble une langue incompréhensible, marchent à quatre pattes et aboient. Leur père ou leur oncle n'est autre que le révérend Parris, qui diagnostique immédiatement l'œuvre du diable. Il demande aux fillettes qui les a mises dans cet état. Elles accusent Tituba, la servante au service du pasteur. C'est que celle-ci, dans l'office de la maison, continuait de pratiquer le culte de son peuple et d'inviter les éléments, animaux, œufs, flammes de bougie, à lui annoncer l'avenir. Elle avait montré ses tours aux deux petites filles, qui l'avaient raconté à leurs amies. Désormais, elles étaient plusieurs présentes à ces cérémonies, quelques enfants mais aussi les servantes des autres maisons. Or la divination était tout à fait interdite et réprouvée par la religion puritaine, qui suspectait dans ces pratiques l'éveil des puissances démoniaques et, partant, la trahison de l'Éternel et de ses Lois.

Un jour, la petite Abigaïl aperçut dans le blanc d'œuf qui servait de boule de cristal un spectre et un cercueil. Persuadée, comme l'enseignait le pasteur, qu'elle s'était damnée en transgressant l'interdit, elle tomba malade et, avec elle, la petite Betty. Tituba fut la première à constater la dégradation de l'état de santé des enfants. Ignorante du poids de la religion sur l'esprit de ses protégées, elle fut convaincue que celles-ci avaient reçu un sort et, puisqu'elles aboyaient, elle cuisina une préparation spéciale pour la donner au chien, afin qu'il lui révèle qui était responsable de l'envoûtement. Hélas, au moment où elle tentait de faire ingérer à l'animal son pâté de sorcière, le pasteur la surprit. Fou de rage, convaincu que Tituba était le cœur de l'affaire et la source du dérèglement inexplicable de la raison de

Betty et d'Abigaïl, il la frappa et la somma d'avouer. Tituba confessa immédiatement ses liens avec le Diable et avoua même s'être plusieurs fois rendue à des sabbats. Interrogées à leur tour, les fillettes, terrorisées à l'idée de dénoncer leur grave transgression puisqu'elles avaient participé aux séances de bonne aventure, reconnurent être possédées et dénoncèrent comme jeteuses de sort non seulement leur servante, mais aussi deux pauvres vieilles, craintes et bannies de la communauté de Salem Village, Sarah Good et Sarah Osborne. L'affaire des sorcières de Salem venait de commencer.

Pendant huit mois, les accusations déferlèrent, en grande majorité sur des femmes, même si certains hommes n'y échappèrent pas, et parmi eux l'ancien pasteur de Salem Village, le révérend Burroughs. Soixante-sept personnes se dirent possédées et en accusèrent cent cinquante autres. Vingt d'entre elles refusèrent d'avouer leur sorcellerie et furent pendues.

Pour bien saisir ce qui s'est passé en cette année 1692, il faut comprendre les particularités de la Nouvelle-Angleterre et les conceptions du puritanisme en matière de démonologie. Selon elles, il existait deux façons d'être ensorcelé. Soit les biens et la famille de la victime étaient touchés – le lait des vaches se tarissait inexplicablement, l'épouse restait stérile, des membres de la famille mouraient brutalement. Soit, d'une façon plus spectaculaire, la victime perdait le contrôle d'elle-même et devenait le jouet d'un esprit malin qui la contraignait à des obscénités ou à des sacrilèges publics. C'est qu'elle était alors, dans ce deuxième cas de figure, le pantin du spectre de la sorcière, sorte de double méchant à la solde complète de son propriétaire. Nul besoin, pour le sorcier qui avait signé le parchemin maudit avec le Malin, d'appeler la hiérarchie des diables et démons à sa rescousse. Le spectre du sorcier intervenait directement sur ses victimes. Si le sorcier avouait ses forfaits, la crise de la possédée prenait instantanément fin. «Je vois le spectre de Tituba et il m'inflige mille tourments», témoignent tour à tour les deux fillettes convulsives. Enfin, au contraire des procès en sorcellerie européens, qui visaient essentiellement la malignité du sorcier et son penchant endémique pour le mal et le commerce avec Satan, en Angleterre et dans l'Amérique puritaine, ce qu'il convenait de mettre au jour lors des procès, c'était le péché du sorcier, dont l'attitude démoniaque constituait un mensonge contre Dieu. Ce mensonge avoué, son spectre disparaissait et le possédé revenait à un état normal. En Europe, le suspect de sorcellerie était torturé jusqu'à avouer son alliance diabolique et, s'il n'avouait pas, on cherchait sur son corps les marques qui signaient le pacte avec Satan. Le forfait reconnu, le sorcier était brûlé avec tous ses effets et les actes du procès, pour que rien de sa méchanceté ne réapparaisse le jour du Jugement dernier. Parfois, ses descendants eux-mêmes étaient exécutés avec lui, puisque le mal se transmettait par le sang.

À Salem, dans le Massachusetts, en cette année 1692, on ne torturait pas pour obtenir des aveux. En Angleterre et dans les jeunes États américains, ce qu'il convenait de mettre au jour, c'était la déviance du sorcier. On le jetait en prison pour qu'il y médite sur son sort et revienne à de pures intentions, dans l'observance rigoureuse de la loi puritaine qui, seule, permettrait à la communauté d'instaurer l'avènement de la Jérusalem céleste. Dès qu'il avouait, dès qu'il reconnaissait ses petits trafics d'influence avec les puissances des ténèbres, l'accusé était pardonné. Tout rentrait dans l'ordre, jusqu'à l'état de santé du possédé lui-même : par une sorte d'opération magique, ses troubles se dissipaient dans l'instant.

Mais alors, pourquoi n'avouèrent-ils pas tous, comme le fit immédiatement Tituba ? Pourquoi, par cet acte, ne sauvèrent-ils pas leur vie ? C'est à cette question qu'on mesure le poids du mensonge sur la société puritaine, et qui perdure sur l'Amérique d'aujourd'hui. Mentir, c'est justement interdire l'avènement de la Jérusalem céleste, raison première du voyage vers l'Amérique des colons, c'est s'assurer une damnation éternelle. L'arme du Prince de ce monde, c'est le mensonge sous toutes ses formes – et parmi elles la séduction. La mort physique est préférable à celle de l'âme, qui ne survivrait pas à un aveu mensonger – ce serait alors pactiser véritablement avec le Malin. C'est parce qu'elles n'avouent pas, alors que leurs victimes potentielles présentent tous les signes de possession démoniaque, que les sorcières de Salem – il y aura six hommes parmi les accusés – sont conduites au gibet. La plupart meurent en bonnes chrétiennes, de façon exemplaire, priant Dieu pour le pardon de leurs péchés et pardonnant à leurs accusateurs. Les autorités ecclésiastiques, absentes des procès, auront beau exhorter au calme, il faudra attendre sept mois pour que cesse l'affaire des sorcières de Salem. Dix-neuf personnes auront été pendues, une vingtième soumise à la question sous un amoncellement de pierres, jusqu'à l'étouffement. Hystérie générale, sourds règlements de comptes entre familles et manigances de bas intérêts particuliers ? ou possessions démoniaques avérées ? « Il vaut mieux laisser échapper dix prétendues sorcières que de condamner une seule personne innocente », répondra Increase Mather, le premier président d'Harvard, haut temple du puritanisme.

Tituba était-elle la seule à pratiquer la divination ? Sans doute pas, mais elle fut la première à être mise au ban des accusées. C'est qu'elle incarnait une puissance féminine ennemie des dogmes de la raison et des lois, religieuses ou laïques, et pour cela toujours combattue – un rapport vital avec la nature et ses secrets, une connivence primaire avec la Création, un jointement de tout son corps avec le cycle de la lune et de la nuit, de la fécondité et de la béance. Elle était femme et créature, pleinement résolue à jouir de l'ubiquité de sa nature qui fait dire à l'Hélène de *Faust* : « Simple, j'ai troublé le monde ; double, encore davantage. » C'est, aussi, qu'elle était indienne, comme les démons qui attaquaient les fermes la nuit et, racontait-on au coin du feu, mutilaient atrocement leurs victimes. Tituba, à qui le Diable importait peu, avait sauvé sa vie en avouant des sabbats et quelques rendez-vous secrets avec le Malin. Elle était restée en prison pendant toute l'affaire. Lorsqu'elle fut assurée que tout était rentré dans l'ordre, elle rétracta sa confession. Jamais elle n'avait organisé de sabbats, jamais elle n'avait rencontré Satan. Le révérend Parris, son propriétaire, qui l'avait battue pour qu'elle confesse sa culpabilité, enragé par cette déclaration, refusa alors de payer les frais de détention de sa servante. Tituba resta un an de plus dans les geôles de Salem, jusqu'à ce qu'une femme, mystérieuse et inconnue, règle les frais et donne à Samuel Parris sept livres – sept deniers ? – pour le rachat de Tituba, qui disparut à jamais avec elle.

Suite du récit de Karl Würth

Dans un ultime sursaut, un fragment de seconde avant que les restes du jour ne soient avalés par la monstrueuse montagne, je me jetai sur l'arbre. Mes mains, puis ma poitrine et mon visage se plaquèrent au tronc. Je ramenai mes jambes pour mieux embrasser ce fût énorme, tiède et vaguement fluorescent. Quelque chose me poussait, d'une façon impérieuse, à en épouser l'écorce de toute la surface de ma peau, à tenter de me fondre en elle. Le tronc était si large et si lisse qu'il n'y avait aucune chance pour que je me maintienne dans cette position, et pourtant je tins. Était-ce la peur de tomber dans l'humeur verte qui moussait à mes pieds, montait en nappes, continuait de me brûler les yeux et les poumons ? Je tins, sans comprendre mon adhérence, soulagé, malgré la terreur qui battait au fond de ma poitrine, de ne pas m'endormir. Au moins, l'hypnose que la nuit opérait sur mon cerveau s'était-elle dissipée.

L'absurdité de ma position ne m'étonna pas. Je relâchai doucement l'étreinte désespérée qui bandait mes muscles. À ma grande surprise, je ne tombai pas. Il semblait qu'à la manière d'un aimant, l'arbre exerçât sur mon corps une attraction suffisante pour qu'elle me soutînt sans effort. En même temps, une douceur *violente* s'insinuait en moi. Aujourd'hui encore, il m'est difficile de décrire la sensation qui emplit mon être à ce contact. J'ai toujours été un solitaire. La solitude, j'en ai reçu le don, et la grâce, dès ma naissance, et j'entends peu de chose aux effusions, celles qui unissent les corps, dans l'amour ou l'amitié. Mais j'eus alors le sentiment d'être blotti contre le sein maternel, et dans le même temps pris dans la tendresse d'un regard d'enfant et de son sourire. Un suc coulait dans mes veines, j'étais traversé par le rayonnement d'une folie. Je ne désirais rien de plus que m'adonner à ce vertige. Mon cœur se dilatait, tandis qu'une musique puissante, une architecture de notes inconnues, tintinnabulait autour de moi. Ainsi, le silence cessait enfin ! J'entrouvris les yeux. J'entrevis, très haut, alors qu'un irrépressible sourire étirait mes lèvres, l'entrechoquement des fruits métalliques entre eux, puis leur fusion avec le ciel. Les galaxies m'apparurent soudain, que j'aurais pu toucher de mes mains tant leur dessin était précis. Je vis des nuages de vapeur, des grappes d'étoiles, des éclats d'incroyables couleurs, un arc-en-ciel d'où jaillissaient des particules chatoyantes. Des anneaux couraient autour des planètes, des amas d'étoiles se mouvaient dans l'onde d'une effroyable beauté. Ellipses et spirales, bulbes et roues, le ciel dansait comme un océan ironique. Des soleils rouges, des lunes noires, l'espace m'aspirait ; j'écartai les bras et tombai à l'envers, en lui. Heureux, je consentis à ma chute.

Je ne sus jamais comment je revins à mon camp de base. J'ignorais qui m'avait ramené de la clairière et combien de temps j'étais resté là-bas. Ma seule conscience tenait dans l'écoulement des jours. Trois nuits s'étaient succédé, interminables, pendant lesquelles je n'avais pu jouir du coma qui m'avait terrifié jusque-là et que j'appelais désormais de mes vœux. Trois nuits pendant lesquelles la fièvre m'avait consumé. Je les avais traversées en côtoyant le sommeil, cheminant en marge des heures nocturnes, exaspéré de fatigue. Loin derrière moi, qui émergeaient de ma mémoire, des galaxies scintillaient encore ; elles explosaient sous mes paupières dès que je fermais les yeux. Des souvenirs de ma visite à la clairière me revenaient par bribes. Je tentais de les saisir, mais ils fuyaient aussitôt. Je fus pris d'un tremblement de terreur. L'idée de les perdre à jamais venait de me traverser et son refus arqua mon corps comme la morsure d'un serpent. Je devinais la lutte de mon esprit, partagé entre l'éperdu désir de la raison et la volonté de croire à mon aventure, dans l'espoir de la revivre une fois, au moins encore une fois. La raison susurrait à mes oreilles, avec la voix d'une vieille femme aigre, que tout cela était pur délire, un dérèglement qui n'avait cessé d'enfler avec la maladie qui m'avait saisi dès mon arrivée sur ces terres et avait fini par exploser en hallucinations ridicules. Comment pouvais-je vouloir que ce fût vrai, que cela pût l'être ? Mais je le désirais, ô je le désirais si fort que des spasmes de douleur contractèrent mes jambes, mes bras et mon ventre. Ce que j'avais vu m'avait ravi, et si je n'en possédais plus le détail, j'étais certain que la splendeur de ces visions dépassait les capacités de mon imagination. Car j'avais vu *des choses et des êtres extraordinaires*. Mon amnésie n'avait pas chassé cette conviction. Je sentais ces visions toutes proches, à portée de main, et dans ma fébrilité, j'esquissai le geste de les saisir. Puis mon bras retomba lourdement sur la paillasse. Une certitude embrasa mon cerveau surchauffé : le monde avait un Envers et je l'avais entrevu. Mais qu'avais-je entrevu ? Je fermai les paupières pour ne pas me laisser distraire par les objets qui m'entouraient, ni par la porte de bruyères en rideau sur le néant de la nuit, ni par la pression assourdissante du silence, de retour lui aussi. J'avais soif. Mes lèvres se craquelaient dans le brouillard qui, doucement, en minces nappes, glissait sous le battant, s'infiltrait par les trous de ma toile de tente, s'épandait dans mon refuge. Quel phénomène atroce se préparait donc ? J'étais malade. Ma barbe, mes cheveux ruisselaient de sueur. Insidieusement, une sensation de danger s'immisçait avec la brume. J'étais incapable de me lever, ni même d'ébaucher un geste. Je jetai un œil autour de moi pour chercher mon sac, où j'avais rangé, pour mon expédition, mon fusil et mes briquets, mes couteaux et mes outils de première urgence. Je ne trouvai pas mon paquetage. Je l'avais donc oublié là-bas ! Dans l'entrelacs des racines où, je me le rappelais parfaitement, je l'avais déposé pour mieux courir vers l'arbre. Quand, comment l'aurais-je rapporté ? Je reposai la tête sur ce qui me tenait lieu d'oreiller. Mes poils se hérissèrent. Ma peau, avant même mon cerveau, devinait une présence, quelque chose rampait vers moi. Rien de ravissant ni d'enchanteur comme avec l'arbre, mais quelque chose d'inconnu et de menaçant, contre quoi je n'avais rien pour me défendre. J'étais en cet instant le plus démuni des hommes, malade au point de la paralysie, halluciné au point de la démence, menacé au point de la mort ; chaque fibre de mon être hurlait la conscience du danger. Ma raison céda à la terreur. Je m'évanouis.

Je tournai la page, mais c'était la dernière. Hans n'avait pas trouvé de feuillets qui s'enchaînaient avec ces dernières phrases. Rien de ce qu'il continuait de traduire ne semblait correspondre à la suite de ce récit. Je me sentis frustrée et, dans le même temps, très excitée. Tout ce que je venais de lire confirmait mes intuitions de Rügen. Karl Würth était peut-être la proie d'hallucinations. S'il n'avait pas tout inventé de cette aventure, peut-être découvririons-nous qu'il avait été victime, au cours de cette excursion, d'une grave maladie. Brahms, dans sa maturité, était atteint d'un cancer du foie qui l'emporterait et qu'il soignait à la bière, au vin blanc et aux sardines en boîte qu'il dévorait avec les doigts, dans la rue, indifférent au nez pincé que les dégoulinades d'huile dans sa barbe provoquaient chez les passantes. Cette affection incurable le faisait souvent divaguer. Bien que l'expédition qu'il décrivait indiquât une pleine maîtrise de sa force physique, je ne pouvais écarter cette hypothèse. Mais trop de détails concordaient avec mes trouvailles – Bouïane, l'Arbre Yggdrasil, la porte de l'Autre Monde. L'impatience de partir là-bas était si forte que j'ouvris mon agenda pour débusquer, entre deux concerts, un moment pour aller à Rügen. Ce serait difficile, bien sûr. Entre les répétitions avec les orchestres, celles pour l'enregistrement du *Deuxième concerto*, les voyages, il me restait toujours très peu de temps pour moi et pour mes distractions. Or j'avais besoin de plusieurs jours pour mener à bien mon enquête. J'avais en effet l'intention d'explorer l'île, de mettre mes pas dans ceux de Johannes Brahms, alias Karl Würth, de m'imprégner à mon tour de cette atmosphère de légendes et d'espaces, de paysages et de mer. J'avais dix jours de battement entre la fin de ma tournée européenne et le début de ma tournée américaine. Une aubaine que je saisis sans hésitation. Je commandai mes billets et réservai une chambre d'hôtel dans ce lieu que je me faisais une joie immodérée de découvrir. C'est alors que le téléphone sonna. Il affichait un numéro américain. On m'informait qu'enfin le miroir de Charles Dodgson, alias Lewis Carroll, était arrivé.

*

Longtemps après avoir rangé ma documentation sur les sorcières de Salem, je restai hantée par la figure de Tituba. Je songeais au sort de cette jeune femme née dans le velours d'un été éternel, au sein d'un peuple dont la douceur était attestée par tous les observateurs qui le découvrirent. Les Arawaks occupaient les îles du nord des Antilles, comme les Bahamas ou Haïti. Au contraire des Indiens caraïbes, guerriers et cannibales, les Arawaks n'attaquaient pas les autres populations des îles, avec lesquelles, lorsque c'était possible, ils cherchaient avant tout à commercer. Leur intimité avec la nature expliquait sans doute leur connaissance des plantes et des pigments qu'ils utilisaient pour leurs peintures et la décoration de leurs céramiques. On disait que les Arawaks avaient toujours été très attentifs aux manifestations du raffinement, de la beauté et de l'art. Ils tissaient, sculptaient, inhumaient leurs morts dans des urnes de céramique. Hommes et femmes marchaient côte à côte, cultivaient, cueillaient côte à côte, se battaient côte à côte, dans la même liberté. Ils adoraient une hiérarchie complexe de divinités mi-hommes mi-animales, les qualités des deux sexes réunies en un seul être lui conférant la puissance de l'esprit.

J'imaginais Tituba enfant, et ses aïeules avant elle, nageant dans les eaux cristallines de l'île, pêchant au harpon, boucanant la viande sur des feux assourdis,

Tituba nue et rieuse, confiante et brutalement enlevée, arrachée aux siens, transportée dans la soute d'un galion, aux mains des négriers, trimballée d'une île à l'autre, d'un marché aux esclaves à un maître qui l'avait soupesée comme du bétail pour jauger son aptitude aux basses besognes. Nulle soumission chez elle malgré sa douceur. Tous attestent la vivacité d'esprit de ce peuple. Christophe Colomb, qui fut le premier à le décrire à son arrivée aux Bahamas, s'étonne de la rapidité avec laquelle les Indiens comprennent et parlent sa langue, et se félicite de leur intelligence, qui lui ouvre des perspectives sur la rentabilité de ces esclaves en puissance.

Tituba s'était donc retrouvée dans le nord de l'Amérique du Nord, au cœur d'une colonie puritaine. On devine la brutalité du changement, depuis les Antilles. La neige sur les paysages et la glace sur le visage des femmes corsetées dans leurs robes de laine grises boutonnées jusqu'au menton, au lieu des plages solaires et de la nudité des corps. La contrainte de construire un peuple de saints digne de leur alliance avec Dieu et armé pour lutter contre Satan qui rôdait autour d'eux, au lieu des oraisons joyeuses à des divinités hybrides – femmes ailées et serpents anthropomorphes, tritons et ondins.

Pour comprendre le poids de la doctrine puritaine dans l'établissement de la colonie du Massachusetts, il convient de garder à l'esprit la croyance des Anglais des

XVIᵉ et XVIIᵉ siècles en un monde duel, où le Bien et le Mal s'affrontaient en un combat perpétuel qui ne finirait qu'à la fin des temps. Pétri d'Ancien Testament, le puritanisme avait gardé en mémoire le premier acte de l'histoire de l'univers : Lucifer, l'Ange porteur de lumière, après sa défaite contre Dieu qu'il avait voulu égaler, avait été chassé du Paradis céleste et *précipité à perpétuité sur Terre*, lieu de sa déchéance et de ses tentations, tabernacle profane du Mal dont il détenait toutes les clefs. Dieu, quant à Lui, résidait pour l'éternité avec les anges, au Ciel, dans cet espace que John Milton appelait *pure empyrean*.

Quels accents les complaintes de Tituba réveillèrent-elles dans l'imagination des petites filles qui la suivaient dans ce lieu éminemment féminin, éminemment dangereux, qu'est la cuisine ? Quelles images suscitait-elle en évoquant son paradis sur Terre aux éternels étés ? Quels troubles, quelles tentations, quels rires secrets allumait-elle dans leur âme quand elle leur proposait de leur ouvrir les portes du destin par ses divinations ? Quel danger incarnait donc Tituba quand, aux domestiques des autres maisons – Marry Warren, servante de John Proctor, Mercy Lewis, servante de Thomas Putnam, Sarah Churchill, la bonne du vieux George Jacobs, et celle du docteur Griggs, l'innocente Elizabeth Hubbard –, quand, donc, elle leur racontait la place des femmes dans son peuple, leur liberté, leur autorité, la force de leur parole sur les hommes et sur leurs enfants ? C'était pourtant la vérité – la petite esclave était née dans un peuple où la femme était reine. Je me mis à lire avec bonheur les relations que le corsaire rouennais, Urbain du Roissey, aurait faites à son ami, le chevalier des Deffends, dans les années 1630 – quelques printemps à peine avant la naissance de Tituba. Il lui aurait décrit son émerveillement d'avoir assisté aux fêtes qui accompagnaient le triomphe de la « Reine des Arawaks » : « Par hasard, j'assistai en ce jour saint à l'arrivée de la femme vainqueur de toutes les épreuves, jamais je n'avais vu autant de visages souriants ni une telle liesse chez les Arawaks, généralement peu démonstratifs. Elle était petite de taille, mais bien proportionnée et magnifiquement jolie, on devinait sous son pagne des jambes galbées et musclées. Elle avait hérité d'un visage gracieux. Elle avançait doucement à travers la foule. Elle porta son regard sur moi, un regard débordant d'intelligence et de malice à la fois. Une onde étrange me traversa, et je restai paralysé, comme émerveillé. Je sentis plusieurs fois mon cœur défaillir. Je sus que j'avais devant moi un personnage extraordinaire, hors du commun. L'avenir me le confirma... »

L'élection de la reine survenait à la fin d'une série d'épreuves qui, toutes les quarante-huit lunes, réunissaient les villages indiens et leurs familles. Tous les quatre ans donc, pour le dire à notre façon, les Arawaks organisaient des jeux pour déterminer la meilleure de leur peuple, la plus emblématique des joyaux de leur culture et de leurs arts. L'élue partait alors en voyage, vers d'autres îles, ou pour une autre terre. Cette ambassadrice avait pour mission de créer et de nouer des liens avec d'autres peuples, d'autres villages, afin d'ouvrir entre eux un couloir d'échanges.

À l'époque où Tituba avait été enlevée, l'une de ces élues avait connu un destin exceptionnel, qu'aurait relaté en partie Urbain du Roissey dans une série de lettres. Il en subsisterait quelques-unes, précieusement conservées dans la demeure historique du chevalier des Deffends, leur récipiendaire. La jeune Indienne qui avait triomphé des jeux et des épreuves avait choisi pour ambassade la terre de France, où l'attendait, subjugué par les descriptions du corsaire normand, son ami le chevalier. Elle avait débarqué à Nantes en 1645, après une traversée mouvementée sur un galion chargé de sucre. Elle n'avait pas trouvé un pays en paix. La guerre de Trente Ans avait repris et l'insécurité régnait sur les routes. Rien qui pût faire peur à la belle Indienne, habituée à lutter côte à côte avec ses frères lorsque les Indiens caraïbes, cannibales et guerriers, opéraient leurs razzias chez les Arawaks, dont ils volaient les femmes et les enfants, et mangeaient les vaincus. La légende raconte qu'elle combattit souvent, maniant habilement le mousquet, avec des Deffends venu la chercher au port de Nantes. Elle tenta d'y établir un comptoir de commerce, et c'est là que la princesse arawak rencontra l'homme qu'elle choisit pour époux, le marquis de Goulaine, dont elle tomba amoureuse et qu'elle préféra à toute idée de retour sur son île. Je fermai les yeux et tentai d'imaginer cette princesse indienne à la cour de Louis XIV, ou évoluant dans la société de l'époque, entre les paysans et les aristocrates.

À pratiquer cet exercice, on mesurait mieux l'audace de Tituba face à l'index brandi vers elle quand tout avait été mûr dans ce Salem replié sur lui-même, cerné par la neige et les Indiens, pour qu'explosent les rumeurs de sorcellerie. Les plus pauvres, les plus singulières et les plus belles étaient toujours les premières victimes, parce qu'elles restaient marginales du fait même de leur pauvreté, de leur beauté ou de leur singularité. Leur caractère, leur grâce ou leur disgrâce les différenciaient du groupe. Qui aurait pu comprendre Tituba à la lumière de sa culture, en 1692 ? Qu'avait-on vu d'elle ? Un être étranger au village et à son histoire, esclave et inférieure, mais dotée de pouvoirs inconnus et donc dangereux, en rapport étroit avec les éléments réputés abriter le démon. Tituba avait immédiatement compris le sacrifice et l'exemple qu'on ferait de sa personne si elle n'avouait pas ce que tous voulaient entendre. J'imaginais sa terreur lorsque, battue, elle avait dû confesser ses relations intimes avec Satan. Qui aurait pu croire en son innocence lorsqu'elle avait reconnu, *en toute candeur,* qu'elle avait préparé un pâté pour faire parler le chien, afin qu'il lui révèle qui avait plongé les fillettes du révérend Parris dans un état tel qu'elles s'étaient mises à aboyer ? Quels que soient les temps, les lieux, les cultures, la grande difficulté pour chacun restera toujours l'effort à accomplir pour se mettre à la place de l'autre, pour admettre que ses raisons ne répondent pas toujours à notre mode de pensée, qu'il n'agit pas systématiquement dans le même sens, ni pour sacrifier aux mêmes intérêts.

J'en ai fait moi-même l'expérience, plus d'une fois, avec les loups. Parce qu'il n'y a aucune espèce de rétribution à attendre de l'investissement affectif, financier et de temps que représente la Création d'un centre de préservation des loups, en un temps où leur espèce était menacée de disparition, on m'avait exprimé de la méfiance, jusqu'au moment où quelqu'un – qui ? – avait eu la révélation lumineuse du pourquoi et du comment : je m'étais occupée des loups pour construire mon image. Aujourd'hui encore, on me pose la question et, aujourd'hui encore, l'absurdité de cette idée me stupéfie. Aurais-je eu si peu de confiance dans le pouvoir de la musique ? Si peu de foi dans ce que je désirais de toutes mes forces incarner en interprétant Brahms, Bach, Mozart, Berg, pour aller m'investir dans ce combat *avec l'idée sournoise d'en tirer un profit professionnel* ? Et quel profit ? Les musiciens avec qui je travaillais avaient-ils si peu d'oreille, ou si peu d'amour pour leur art, qu'ils préféraient une image à une pianiste digne de ce nom ? Mon engagement a dû paraître trop atypique, et mon désintéressement, dans ce monde où la rentabilité est la loi, extravagant. La calomnie avait trouvé sa place. Il serait faux de prétendre que ce soupçon ne m'a pas affectée. Il a eu son effet. Il m'a inquiétée, et même attristée. Jusqu'au moment où j'ai décidé de revenir à *mon intégrité*. Et cette intégrité, depuis Alawa, les loups en font partie. Les loups, qui m'ont offert, lors de notre rencontre, un soir, dans une rue américaine, la possibilité d'atteindre la plénitude. Les loups, que de nouveau on tente de massacrer partout dans le monde. « La traque du loup, c'est la tentative d'en finir avec l'idée que l'homme est un loup pour l'homme », a écrit Jean Baudrillard, en visionnaire.

J'en étais là de mes réflexions, feuilletant maintenant ma documentation d'un œil distrait, lorsqu'un nom, une phrase me rendirent à ma joie : je venais de découvrir le nom de la princesse arawak partie conquérir la France, au XVIIe siècle, depuis son île où on demandait pardon aux animaux qu'on tuait pour les manger. Cette princesse s'appelait Momand' Loup.

*

L'intérêt incomparable du journal intime, c'est qu'on peut lui confier ses colères à tout moment du jour et de la nuit. Épingler sur le papier ses indignations, ses dégoûts, ses hontes, de façon qu'ils ne contaminent pas nos heures, ni nos nuits. C'est ce que je fais à cet instant. Des amis m'ont parlé ce soir d'une chose si horrible que je n'ai pu le croire. En rentrant chez moi, j'ai vérifié leurs propos. À mon immense chagrin, ils avaient raison. À Macao, à Hong Kong comme dans d'autres villes d'Asie, des restaurants proposent à leurs clients de manger de la cervelle de singe crue, à même le cerveau de l'animal vivant. Mon corps s'est entièrement révulsé, tellement j'en ai été malade. Oui, *cela* est vrai. On capture des singes pour cela. On construit des tables spéciales pour cela, dotées d'un trou au milieu du plateau de bois et d'une cage sous le trou pour emprisonner le singe, terrifié, dont seule la tête dépasse. On prévoit des couverts pour cela. Des marteaux pour fracasser les os du crâne. Un couteau pour décalotter la boîte crânienne. Et des gens acceptent de commettre cette mise à mort obscène, révoltante, indigne, et ils paient pour cela, et d'autant plus cher qu'on leur a affirmé qu'ainsi consommée, la cervelle de singe a des vertus aphrodisiaques. Que dire encore des chiens entassés dans des cages, mal nourris, maltraités, battus à mort pour attendrir leurs chairs, et mangés ! Et des chats ébouillantés vivants pour mieux les dépecer et les manger. Ou des éléphants, tués pour leur seule trompe, réputée elle aussi pour ses vertus érectiles. Ou des ailerons de requins qu'on mutile et rejette à l'eau. Ou des rhinocéros qu'on braconne et qu'on extermine pour récupérer leur corne. Ou des chevaux, que nous ne nous interdisons pas de consommer, à la grande indignation des Anglais. Je songe à la lame des couteaux qui égorgent, découpent, éviscèrent, aux rivières de sang qui coagulent dans les abattoirs, à notre âme de boucher. Et j'ai envie de pleurer.

Je songe aux débats qui ont agité les philosophes et les théologiens, jusqu'à la fin du XVIIIe siècle, sur « l'âme des bêtes », aujourd'hui évacués des sujets politiques ou économiques. Avec cette page tournée, des questions, pourtant profondes et fondamentales pour notre survie sur cette planète – et pour la survie de la planète elle-même – ont été balayées, reléguées aux accessoires de la niaiserie, voire de la misanthropie. Et pourtant, c'est par amour des hommes et par confiance en leur capacité à déployer leur volonté du Bien et du Beau, à inaugurer de nouvelles harmonies, qu'il faut continuer ces débats, hors des critères de rentabilité et de profit. Notre culture s'est isolée du monde, et dans le blanc qui nous sépare de lui, dans ce no animal's land, il y a désormais tout l'espace de la destruction. Poser la question de «l'âme des bêtes» exigerait qu'on s'interroge sur l'essence de l'homme et de l'animal, sur leurs statuts ontologiques respectifs et, de là, sur le bien-fondé de la domestication, des expériences de laboratoires *in vivo*, de la chasse, des sacrifices, qu'on embrasse toutes les hypothèses de la vie après la mort. Créatures hybrides du monde antique et des civilisations amérindiennes, du Moyen Âge, âmes hybrides des métempsycoses hindoues, du chamanisme africain, temps rêvés où l'homme invitait la bête pour s'ouvrir au Ciel et au Cosmos. Arthur Rimbaud, ce «voleur de feu, chargé de l'humanité, des *animaux* même», Arthur Rimbaud, le voyant, nous invite à renouveler cette réflexion : «J'ai songé à rechercher la clef du festin ancien, où je reprendrais peut-être appétit. La charité est cette clef.» Puissions-nous la déployer jusqu'à la chair des bêtes.

*

«Reprenons les éléments dont nous sommes sûrs, me conseillait Hans Ingelbrecht, sans nous laisser entraîner dans des schémas par trop fantastiques. Qu'il ait rédigé une fiction ou fait part d'un épisode réel de sa vie, il y a,

dans les phrases de Karl Würth, des accents sans aucun doute autobiographiques.
— Lesquels ?
— Eh bien, dès les premières pages, il annonce ses états d'âme : "J'ai franchi ses portes sans le savoir, un jour d'errance où j'étais parti chercher quelque consolation à la cruauté du monde." Un peu plus loin, il se dit "dans un état de désolation". Ce sont des considérations qui ne s'inventent pas. Trouvons dans la vie de Johannes Brahms ce que purent être ces moments.
— Il y en a trois, avérés. La mort de Robert Schumann, la mort de sa mère, et la mort de Clara Schumann. En vérité, les trois grands amours de sa vie.
— Alors, il faut chercher autour de ces dates et regarder s'il n'y en pas eu d'autres, veux-tu ? »

L'exercice se révéla passionnant. Il éclairait la préparation de mon voyage à Rügen, mes recherches pianistiques pour l'exécution du *Deuxième concerto,* mais aussi mes répétitions du *Concerto en* la *mineur op. 54* de Schumann, que je devais jouer à Gstaadt. Brahms, bien sûr, je le connaissais *intimement.* Je devrais dire *organiquement,* de l'intérieur, par sa musique. Je l'ai dit cent fois : j'ai, avec Brahms, une relation privilégiée qui a été immédiate, spontanée. Mon cœur l'a élu dès la première fois que je l'ai écouté. Ce que j'aime profondément dans sa musique, c'est qu'elle raconte, note après note, une vie volontairement retranchée, vouée exclusivement à l'essentiel... C'est le mouvement, c'est l'allant d'une musique qui dit l'âme en voyage d'un baladin, et qui incite au voyage. Pour Brahms, ce voyage fut une grande traversée de la vie, elle-même croisée de musiques, de paysages et des légendes de son pays tant aimé. Le voyageur invité, ce fut d'abord Brahms lui-même, un être jamais résigné dont j'épouse, chaque fois que je joue ses œuvres, le caractère impétueux, le tourment et les colères, le déchirement des émotions – tout son rapport avec un monde qu'il a embrassé, et traduit, dans toutes les subtilités de sa musique contrapuntique. Son nom signifie «genêt» en allemand; et tel le genêt sur la lande aride, Johannes Brahms est né ardent, violent, sensuel et passionné. Jeune, il était beau comme seuls les génies savent l'être : par l'aveu de leur vie profonde. Il avait des yeux d'ardoise après la pluie : des paupières qui enchâssaient le regard d'une lumière pâle ; une bouche calme et virginale, une ombre de sourire qui prolongeait la mélancolie de sa figure blonde, tantôt enthousiaste, tantôt taciturne. Brahms composait comme un astre superbe décrit sa courbe vertigineuse : il n'était lié à rien, ne répondait à aucun impératif ; s'il se trouvait un accident sur son chemin, il le brisait et rentrait dans les abîmes de son ciel. Au piano, dans ses dernières œuvres, il avait révélé des accords d'évidence tragiques et c'est vers eux, tout autant que vers sa biographie, que je trouverais les réponses que je cherchais.

Le grand départ de Johannes Brahms débuta le 30 septembre 1853. Il avait vingt ans. On lui avait conseillé d'aller présenter sa musique à un maître. Il avait frappé à la porte des Schumann, à Düsseldorf. Ce fut un enfant qui lui ouvrit – un de ces enfants qui ne cesseraient jamais d'être ses complices, qu'il désirerait ardemment pour siens, et pour qui il avait toujours les poches remplies de bonbons. Brahms n'était pas parti les mains vides. Il avait emporté avec lui sa dernière œuvre, la *Sonate en* ut *mineur*. Robert Schumann avait reçu le jeune musicien poliment, mais sans effusion, comme il recevait chaque semaine des dizaines de prétendants à la gloire musicale, impatients de prouver leur virtuosité à un instrument, ou de faire entendre leurs œuvres. Sans un mot de trop, il l'avait prié de se mettre au piano. Johannes Brahms s'était exécuté. Humblement, il avait joué le premier mouvement de sa composition. À peine avait-il plaqué le dernier accord, que Schumann s'était levé, bouleversé de bonheur. « Viens, Clara ! Tu vas entendre une musique comme tu n'en as jamais entendu », avait-il crié à sa femme pour qu'elle les rejoigne. Et à Brahms : « Jeune homme, recommencez... » Le lendemain, le 1er octobre 1853,

Schumann écrivit une seule ligne sur son agenda : « Visite de Brahms. Un génie. »

Il naquit de cette rencontre une histoire d'amour entre les trois, intense, lucide et tout à fait singulière. Du jour de leur rencontre, leurs vies s'entremêlèrent, si étroitement que tous les trois ne pouvaient plus faire qu'un seul être, si fort qu'ils eussent dû mourir ensemble : Robert, l'aîné, fantasque et ultrasensible, Clara Schumann, la très jeune épouse, Brahms, le disciple plus jeune encore ; et sans doute est-ce Schumann qui a le plus adoré les deux autres. Les trois s'aimèrent. Ils s'aimèrent follement et leur amour franchit le grand écart des générations. Une décennie et plus séparait leurs naissances, et pourtant ils avaient le même âge : l'âge de la passion, de la musique et du génie.

Mais des deux, de Clara ou de Robert, qui Brahms avait-il le plus pleuré ? Spontanément, le nom de Clara venait aux lèvres, et pourtant, ce serait ignorer l'éblouissement mutuel de la rencontre entre Johannes Brahms, encore inconnu, et Robert Schumann, musicien reconnu et encensé. Ce serait oublier, ou penser, qu'elles n'avaient laissé aucune empreinte sur cette âme si tendre, les heures de Johannes écoulées dans l'ombre tutélaire de Schumann et de sa personnalité fascinante. Robert Schumann, qui appelait son protégé son « jeune aigle » et ne taisait pas sa forte admiration pour Brahms, au point de s'en ouvrir à la presse et à ses amis, qui finirent par l'appeler, non sans ironie, « le jeune prophète de Schumann ». « Honoré ami » ou « cher père nourricier », répondait Johannes. Et pourtant, un père si fragile, d'une délicatesse infinie, doté de ce « charme des lieux fuyants » que Rimbaud accorde au génie, tout en nuances et en subtilités, et qu'on retrouve lorsqu'on tente d'exécuter ses œuvres. Alors, elles vous échappent chaque fois davantage au fur et à mesure que vous les jouez. Elles ont cette qualité particulière, cette magie qui les rend uniques mais qui fuit sans arrêt, ce quelque chose d'indéfinissable qui n'est jamais vraiment là, qui est si difficile à convertir en émotion, à restituer dans sa justesse.

Comment Brahms aurait-il échappé à ce charme, dont Schumann a imprégné sa correspondance et ses notes ? J'avais, quelques années auparavant, sur le lac de Côme, découvert les lettres de Schumann et noté, dans mon journal, des phrases entières qui exprimaient son inquiétude, ses exaltations, l'empire de son art sur lui : « Il y a des moments où la musique me possède tout entier, où il n'y a plus pour moi que des sons, de telle sorte précisément qu'il m'est impossible de transcrire quoi que ce soit. » Vibrant d'enthousiasme un jour, il sombrait dans le doute le jour suivant, fuyait sa terreur de l'échec dans le projet d'un voyage, pour aussitôt revenir à sa table de travail. Pour douter encore : « Le piano a très mal marché, hier, comme si quelqu'un retenait mon bras. Je n'ai pas voulu forcer. Le trouble et l'obscurité semblaient submerger les êtres et les cieux. »

Tout avait enchanté Brahms dans la vie de Schumann. Son inquiétude, et tout autant sa légèreté, tactile jusqu'à la composition des *Papillons,* jusqu'à ses passages de mélancolie intense, d'orages et d'angoisse, son humour et son esprit. Il avait dédié à une imaginaire comtesse Pauline von Abegg les premières *Variations* qu'il avait composées. Abegg ? A pour *la*, B pour *si bémol*, E pour *mi*, G pour *sol*, comme Rimbaud le fit pour les couleurs, à moins que déjà, pour Rimbaud, poète si musicien et pianiste, les Voyelles n'aient été aussi des notes. Comme le ferait Brahms dans ses pas, Schumann cherchait à pénétrer l'essence non seulement des choses, mais des éléments : « Existe-t-il une danse de la moisson qui soit la moisson même ? Existe-t-il une roue de feu de l'extase amoureuse ? » Existe-t-il une musique de la vie qui soit la vie même ? Une musique de l'extase amoureuse ? continuerait Johannes, dans le déploiement de son génie.

Un autre élément avait particulièrement ému Brahms chez Robert Schumann, c'était cet effort immense, permanent pour sceller, raccorder entre eux les fragments qui le constituaient : le rêveur dans son coin, sifflant pour lui-même, « fantasque, têtu, noble et enthousiaste », celui qu'agitaient des songes de sang et qui connaissait, tous les jours, le ciel et l'enfer, le doute, l'exaltation et la tentation du renoncement. À quelques-uns de ses personnages, il avait d'ailleurs donné un nom : l'impulsif Florestan, le rêveur Eusebius, le sage Raro. Il fut chacun d'eux sans être vraiment et *entièrement* aucun d'eux, jamais. Il n'y avait que la musique pour les rassembler.

Un an après leur lumineuse rencontre, il y avait eu le drame. Robert Schumann avait perdu la raison et, lors d'un de ses rares instants de lucidité, il supplia Clara, sa femme, de le faire interner. Je ne m'étais jamais penchée sur le détail de cet épisode. Je savais, très vaguement, que Johannes était resté très présent auprès du couple, puisqu'il avait été le seul, avec son ami Joachim, que Schumann autorisait à venir le visiter à l'asile d'Endenich, près de Bonn, tandis que Clara attendait derrière une porte vitrée, assise sur une petite chaise en fer, dans l'espoir d'entrevoir son mari. La crise s'était déclarée dans la nuit du 10 au 11 février 1854. Les « étranges troubles de l'ouïe » dont Schumann s'était plaint quelques semaines auparavant, lors d'un voyage en Hollande, étaient réapparus. « Robert a tellement souffert de troubles auditifs qu'il n'a pu dormir. Il entendait sans cesse un seul et même son », nota

Clara dans son journal, tandis que son mari tentait de définir cette note, qu'il décrivait comme émise par un orchestre entier mais qui aurait joué à l'unisson. Puis ce son était devenu multiple, mouvements entiers d'une symphonie sublime et monstrueuse qui le terrifiait. « Il dit que c'est une musique splendide, avec des instruments d'une sonorité merveilleuse, telle qu'on n'en entend jamais de semblable ici-bas », relatait encore Clara, quelques jours plus tard, tandis que Schumann, profitant d'une accalmie, écrivait à son ami Stern : « Je vis souvent dans des sphères à peine supportables où, pourtant, je me plais beaucoup ; souvent aussi, je peux devenir méchant en fréquentant les hommes rouges, surtout quand un Stern ne me répond pas. Faites donc que votre lettre ne soit pas la dernière : j'ai joué la prime et la tierce ; à vous d'ajouter la quinte. Je vous entretiendrai du gâchis inharmonieux qui règne ici, aussi approximatif que le premier accord du finale de la *Neuvième symphonie* de Beethoven. Portez-vous bien, et buvons ensemble l'eau du Léthé. » De quoi parlait-il donc ? À qui faisait-il allusion ? L'eau du Léthé, l'eau de l'oubli, pourquoi la boire ? Pour effacer quel souvenir ?

Le lendemain, dans la tête de Schumann, la musique, portée par cette note, avait repris, si terriblement qu'il avait noté dans son agenda : « Merveilleuses souffrances. » Elles ne cesseraient plus : « Vers le soir, très fort, de la musique. Magnifique musique. » Puis : « Heures de souffrances. » On avait appelé le médecin de famille. Il s'était avoué impuissant. Enfin, un temps, le mal sembla se calmer. Mais dans la nuit du 17 février, une épouvante avait réveillé Schumann. Des hommes rouges, des démons, avaient entonné une musique sauvage qui l'avait tiré de son lit et que des anges tentèrent de compenser en lui dictant une mélodie – un thème en *mi bémol* majeur, qu'il s'était mis à recopier fébrilement. Sur ce *Geister-Thema,* ce « thème des esprits » bientôt étouffé par le ricanement de hyènes et le feulement de tigres, qui allait le hanter pendant des jours, il tenta de composer des variations, qu'interrompait la musique des anges qui lui revenait par vagues et le submergeait. Alors, sûr de perdre pied avec le monde réel, effrayé de le perdre au point de nuire à la santé de sa femme et de ses enfants, Schumann avait demandé à être interné. Clara avait résisté, et convoqué le docteur Hasenclever. Mais, tandis qu'elle consultait le praticien, Robert Schumann avait, en toute hâte, quitté sa chambre, puis sa maison, et, vêtu de son seul pyjama et de ses pantoufles, en plein hiver, dans un froid coupant, il s'était précipité jusqu'au Rhin et s'y était jeté. Des bateliers l'avaient repêché, et arraché à la mort qu'il réclamait de tout son être, de tous ses sanglots. Cette fois-ci, Clara avait capitulé. Garder Schumann à son domicile lui faisait courir les plus grands dangers puisqu'il était, désormais, résolu à se suicider. Elle accepta l'internement. Le 4 mars 1854, Schumann fut conduit à Bonn, dans l'asile du docteur Richard qu'il ne quitterait jamais plus.

J'interrompis ma lecture. Une bouffée de tristesse me submergea. J'imaginais avec horreur la lutte du compositeur contre les images, les sons qui s'emparaient de son cerveau, sa terreur quand il sentait cette chose étrangère gagner la bataille, accaparer les dernières parcelles de sa raison. Parfois, continuait son biographe, son état s'améliorait. Un espoir fou réjouissait alors toute la famille. Mais bientôt il rechutait, un peu plus longtemps, un peu plus gravement.

Clara restait seule à attendre dans la grande maison de Düsseldorf, avec ses sept enfants, le retour de plus en plus improbable de son mari et la naissance de son huitième enfant, qu'elle appellerait Félix. Brahms venait la voir tous les jours ; il l'aidait dans l'organisation des journées, dans la gestion des papiers. Il allait falloir trouver de l'argent pour entretenir le foyer et pourvoir aux soins de Robert. « Brahms est mon soutien le plus cher et le plus vrai ; depuis la maladie de Robert, il ne m'a pas quittée, mais m'a accompagnée dans toutes mes épreuves, a partagé mes souffrances », écrivait Clara à son amie Émilie List. Son fils naquit enfin, et elle partit se reposer à Ostende.

Brahms, qui avait occupé la maison familiale en son absence, l'oreille tendue vers les rumeurs qui agitaient la clinique, prêt à se précipiter auprès de son maître, avait décidé de s'éloigner quelque temps des Schumann et d'entreprendre un voyage aux confins de l'Allemagne. Mais il l'avait interrompu et s'en était expliqué, dans une longue lettre au conseiller Blume qui vivait à Winsen. Ses lignes, que je lus avec la plus grande attention, révélaient mieux que tout autre témoignage son état d'esprit dans cette épreuve, son désarroi depuis l'internement de Schumann et son attachement naissant pour Clara, dont il était en train de prendre conscience *avec un effroi certain*. Alors, il avait tenté de fuir. « Très honoré Monsieur [...]. Je me suis résolu à faire, en l'absence de Frau Schumann, un voyage à travers la Souabe. Je ne savais pas à quel point j'étais attaché aux Schumann, combien je vivais en eux ; tout me semblait sans intérêt et vide, chaque jour je souhaitais rentrer, et je fus obligé de voyager par le train de façon à m'éloigner le plus possible et à oublier l'idée du retour. Mais cela ne servit à rien ; je suis venu jusqu'à Ulm en partie à pied, en partie par le train ; je me dispose à rentrer au plus vite, et j'aime mieux attendre Frau Schumann à Düsseldorf que d'errer dans le noir. Quand on a rencontré des gens aussi merveilleux que Robert et Clara Schumann, on ne peut que s'attacher à eux, ne plus les quitter, s'inspirer d'eux et s'élever grâce à eux. » Et puis, il y avait ces lignes, en conclusion de sa lettre, qui me stupéfièrent : « On a fait courir beaucoup de bruits plus ou moins bien informés sur l'état de ce cher Schumann. *Je considère que l'on ne peut trouver la véritable et meilleure illustration de celui-ci que dans certains personnages de E.T.A. Hoffmann (Krespel, Serapion et surtout l'admirable Kreisler).* Toute l'histoire est qu'il s'agit de quelqu'un qui s'est arraché de son corps trop tôt. »

Suite du récit de Karl Würth

Lorsque je suis revenu à moi, dans la lumière de l'aube, j'ai su, instantanément, qu'on était entré dans ma cahute pendant mon évanouissement. Ma fièvre avait légèrement baissé, mais elle me possédait toujours et déployait ses ailes dans ma poitrine. Mon corps tout entier était courbatu. Mes lèvres, gercées, laissaient échapper un peu de salive qui mouillait ma barbe. J'avais soif. J'avais l'envie saugrenue d'entendre la mer ; j'étais mal, mais encore vigilant. J'ouvris les yeux et la vision de ce qui m'entourait m'alerta immédiatement. Je ne sais à quoi je dus cette certitude d'un danger. Rien n'était sens dessus dessous des quelques objets dont je m'étais entouré, et d'autant moins que j'en avais laissé la plus grande partie dans mon sac, sur des racines dans la clairière maudite. Apparemment, tout était à sa place : la balayette de bruyère contre un rocher, la casserole, le petit fourneau avec son fagot de bois, abandonné là avant mon départ, ainsi que les boîtes en fer pleines de biscuits et de viande séchée. Tout était *exactement* à la même place, mais si « exactement » que j'eus la certitude que ces objets avaient été *remis* à leur place. Déplacés, inspectés, et reposés. C'était absurde. Comment pouvais-je deviner le déplacement d'un objet ? Je n'avais pas de réponse à cette énigme. Mais toutes mes fibres me conduisaient à cette certitude. Je ne bougeais pas d'un pouce. Mon cœur, déjà rapide avec la fièvre, battait la chamade. J'étais couché sur le côté gauche, mes couvertures tendues et remontées sous le menton. L'idée qu'un intrus, forcément maléfique, avait pu se glisser chez moi et qu'il se cachait peut-être dans mon dos me glaça davantage. Je tentai de me calmer. Était-ce le silence, cet horrible, cet infernal silence qui, par une sorte de contrepartie, conférait à chaque chose qui n'appartenait pas au paysage une présence radiante ? Une énergie invisible se dégageait de mes affaires, comme sur un tableau retouché, les éléments qu'on avait ajoutés semblaient toujours, malgré les soins du peintre, flotter sur le reste de la composition. Doucement, le plus imperceptiblement possible, pour ne pas froisser l'air, je basculai sur le dos, les yeux grands ouverts fixant la toile grossière qui me faisait office de toit. Je ne sais combien de temps je mis à opérer cette giration, mais cela me parut interminable, dans le tempo accéléré de mon cœur que je sentais frapper mes côtes et mon ventre, mais que je n'entendais pas plus que le reste. J'ignore pourquoi je prenais ces précautions absurdes. Si un être s'était embusqué derrière moi, nul doute qu'il repérait mon lent mouvement, mais la terreur me commandait cette lenteur. Enfin, je fus complètement allongé sur le dos. L'effort m'avait épuisé, mais je ne relâchai pas mon attention. Avec la même rigidité du corps, avec le même contrôle de mon souffle, je commençai de tourner la tête vers l'endroit redouté, le seul où un intrus aurait pu se cacher. Il me fallut un temps incommensurable. La sueur avait entièrement trempé mes cheveux et ma barbe. Je la sentais dégouliner sur mes tempes et l'irrépressible chatouillement qu'éveillait le passage des gouttes sur ma peau me rendait à moitié fou, dans l'incapacité où j'étais de m'essuyer. Une goutte glissa dans mon œil gauche, brûlante de sel. Je fermai les yeux. J'eus envie de pleurer de désespoir. Je guidai ma tête à l'instinct, millimètre après millimètre. Quand je jugeai que j'étais arrivé à un angle suffisant pour embrasser du regard tout l'espace jusque-là caché de ma tanière, j'ouvris brutalement les paupières. Une seconde, deux secondes. La sueur avait embué ma vision. Et puis, tout m'apparut avec netteté. À ma grande surprise, il n'y avait personne, ou plutôt, il n'y avait rien. Qui me croira si je dis qu'en vérité, je n'éprouvai aucun soulagement de cette absence ? La succession des événements, depuis que j'avais planté ma tente dans cette non-partie du monde, avait tendu mes nerfs comme une corde. Je ressentais cette tension physiquement, douloureusement, névrotiquement. Il fallait que cela cesse, que quelque chose arrive, que je puisse enfin m'opposer à l'ennemi, que tout explose, soit dit, se résolve, fût-ce dans le conflit, la guerre, fût-ce même dans la mort. Ma raison vacillait, sur le bord abyssal du soupçon. Avais-je rêvé cette clairière ? Y étais-je jamais allé, avais-je jamais vécu cette chute à l'envers ? cette chute dans le ciel ? Que s'était-il passé là-bas ? Qui m'avait ramené et quand, et comment ? Je ne pouvais douter de mon excursion puisque mes affaires manquaient. Je tentai de me relever, mais je dus renoncer aussitôt. Je fermai les yeux et, brutalement, je ne sais pourquoi, je me mis à pleurer.

Deux heures passèrent ainsi, entre sanglots et demi-sommeil, toujours cette sorte de coma mais cette fois-ci enchevêtré des visions merveilleuses que j'avais eues, là-bas, avant l'oubli, et que les larmes semblaient avoir magiquement libérées. J'entrai petit à petit dans un état d'extase indicible, tant ces images revenaient avec une précision extrême. Les nuages de vapeur irisés ; les grappes d'étoiles ; les éclats d'incroyables couleurs ; l'arc-en-ciel d'où jaillissaient des particules chatoyantes ; les anneaux courant autour des planètes ; les amas d'étoiles se mouvant dans l'onde d'une effroyable beauté. Les ellipses et les spirales, les bulbes et les roues ; les soleils rouges et les lunes noires, et maintenant m'apparaissaient, comme si je les avais toujours connus, les noms des constellations, Andromède et l'Oiseau de paradis, Girafe et Cassiopée, la constellation du Centaure, sous la Couronne australe l'Hydre femelle, le Dauphin et le Grand Chien, la Mouche, le Lion et le Taureau, Petit Renard et Poisson volant. Un zoo d'étoiles, une galaxie d'espèces stellaires de Poissons, de Sagittaires et de Paons. Ah ! La fièvre me gagnait de nouveau dans ce voyage en apesanteur, elle m'éblouissait de visions et de métamorphoses, les nues terrifiantes montaient et se commuaient en planètes scintillantes d'animaux, et tout soudain, semblant venir de plus loin, brillant comme autant de diamants noirs, je vis fondre sur moi la constellation du Loup. Je sursautai et me dressai sur ma paillasse comme si on m'avait jeté dans les orbites des braises brûlantes, submergé à la fois par la douleur, l'effroi et un sentiment de violence indicible. Il m'était, une fois encore, impossible d'évaluer combien de temps avait duré cette hypnose. Mais cette dernière vision m'en avait arraché. Elle m'avait ramené à cette fameuse nuit, quand, de la densité du brouillard, avait surgi cette masse aux yeux rouges en quoi j'avais reconnu un loup. De nouveau, je tentai de me redresser, et cette fois-ci, j'y parvins sans trop de difficultés. À la lumière qui perçait les bruyères de ma porte, j'évaluai que l'après-midi était bien avancé. Je repoussai ma couverture et me mis debout. Un court instant, tout vacilla autour de moi. Je découvris, au flottement de mon pantalon, que j'avais dû perdre beaucoup de poids. La fièvre sans doute, à moins que je ne sois resté vraiment beaucoup plus longtemps que je ne me l'imaginais *làbas*. Je me ressaisis. Je voulus boire, mais il n'y avait pas d'eau dans ma retraite. Ma gorge se déchiquetait sous la soif. Je respirai profondément. J'avais repris mes esprits. La sensation de danger s'était dissipée, même s'il subsistait cette impression d'avoir été visité et fouillé pendant mon coma. Mais elle m'était presque devenue familière et, de plus, je ne voulais plus me torturer avec cette hypothèse. Je pris la grosse gourde qui me servait pour aller puiser l'eau au lac, heureux que ce geste domestique, cette tranquille routine, me fasse reprendre pied dans la réalité. Je tâtai mon front. Il était presque frais. Ainsi, la fièvre était retombée aussi violemment qu'elle était apparue. Je poussai un soupir, en proie aux soupçons qui m'assaillaient chaque fois que ma santé, physique et morale, s'améliorait. J'avais rêvé tout cela, n'est-ce pas ? Les visions du cosmos, magnifiques et vertigineuses, je les avais eues de nouveau, mais couché sur ma paillasse. Qui pourrait me certifier que ces premières hallucinations ne m'avaient pas surpris dans un même genre de circonstances ? Non pas dans une clairière purement imaginaire, mais à quelques pas d'ici, malade, épuisé, halluciné par l'atmosphère du lieu et par ma solitude. Mais le silence ? Oui, ce silence à rendre sourd... Je ne voulais plus y réfléchir. Je voulais aller au lac, boire tout mon saoul, et préparer mes affaires pour, le lendemain dès l'aube, rentrer à Vienne et en finir avec ce désastreux voyage. Ce qui m'arrivait me déplaisait, et j'avais dû, de surcroît, dans mes excès compulsifs de solitude, l'inventer. Encore une profonde respiration. Je remontai mon col, poussai le battant de bruyères et sortis à l'air libre. Et là, je me figeai. Devant le seuil de ma tanière, parfaitement visible, parfaitement profonde, bien dessinée dans la terre détrempée par la pluie et l'humidité, se détachait l'empreinte unique, précise et pointue, d'une patte de loup.

Je venais d'arriver à Rügen, étourdie non pas par le voyage mais par le caractère des événements et des coïncidences qui s'étaient succédé depuis quelques jours. À Hambourg, où je m'étais arrêtée pour prendre le train qui m'avait amenée sur la mer Baltique, j'avais retrouvé Hans Ingelbrecht. Il était dans un état d'excitation indescriptible. À peine avais-je émergé dans la salle des bagages de l'aéroport que, depuis la haie de personnes venues attendre les voyageurs, il avait brandi les feuillets dactylographiés. Il avait enfin, dans le magma des notes manuscrites, retrouvé la suite ! Il me l'avait livrée sans retard, bien qu'il n'en eût pas achevé la traduction. Il voulait me faire ce cadeau d'un conte qui continue, qui n'a pas encore trouvé sa fin, et nous maintenait ainsi en haleine. Puis j'étais partie avec lui dans le quartier du port, à l'adresse qu'indiquait la carte que je lui avais remise lors de notre précédente rencontre.

Dans le taxi qui traversait la ville, nous étions restés silencieux. C'était l'été et il faisait très beau. Pour une fois, le ciel était dégagé et d'un bleu tendre, tout en transparences. Les avenues, les rues défilaient derrière les vitres de la voiture. Bientôt, je reconnus les grands bâtiments vides qui annonçaient la proximité du port. Mon pouls s'accéléra. Puis ce fut l'avenue, presque familière en ce troisième voyage, et la rue. Voilà, nous y étions. Je ne sais pourquoi, je refusais de regarder dans la direction de la boutique d'antiquités, comme on peut se retenir de croiser trop vite le regard d'un être aimé au moment des retrouvailles, après une longue absence. Je réglai le taxi, qu'on libéra, déterminés tous les deux, d'un commun et tacite accord, à rentrer à pied ou du moins à marcher un peu après cette visite. La voiture s'éloigna dans l'avenue, déserte comme à son habitude. Enfin, je me décidai.

Je traversai la rue. Déjà, je savais que nous étions à la bonne adresse. Tout me revenait du décor, et il était inimaginable que cette rue, cet immeuble, ce magasin eussent un double, quelque part à Hambourg. La devanture de l'entrepôt était plus que vide – désertée depuis des lustres, cela se devinait au premier coup d'œil. La couche de poussière qui collait à la vitrine la rendait presque opaque. Des années et des années avaient été nécessaires pour obtenir cette alluvion verticale. Comment était-ce possible ? Je poussai machinalement la porte, alors que je savais qu'elle ne pourrait pas s'ouvrir. Elle était cadenassée de l'intérieur, grâce à un mécanisme rouillé qui n'avait pas dû être actionné depuis des années. C'était à devenir fou. Je n'avais pas rêvé : j'avais poussé cette porte. J'étais entrée dans ce magasin. J'avais acheté ces objets. Or la réalité que je vivais à cet instant précis était inconciliable avec celle que j'avais vécue un mois auparavant. Et cette incompatibilité elle-même était impensable.

La tentation du doute m'assaillit un court instant. Le doute : ne plus être aussi certaine du lieu, ni de quoi que ce soit. Tout cela avait-il vraiment existé ? Mon cerveau l'avait-il inventé, si fort qu'il me l'avait fait croire ? Cependant, le manuscrit signé Karl Würth, le miroir livré à New York, la petite clef d'or que je gardais avec moi, comme un fétiche, au fond de mon porte-monnaie, m'apportaient la preuve tangible de ma visite ici. Ce que je vivais pour l'heure était absolument *incompréhensible*. Je devinais ce que pensait Hans Ingelbrecht. Les objets – le manuscrit, le miroir, la clef – n'étaient pas des preuves. Certes, ils existaient, mais j'aurais pu inventer toute l'histoire qui les entourait. M'amuser à construire une sorte de jeu de rôle, à son insu. J'aurais pu les avoir achetés n'importe où, lors de mes derniers voyages. Dans une salle des ventes de

Berlin, chez un antiquaire de New York, dans une boutique de curiosités de Tokyo, aux Puces à Paris. Je haussai les épaules et je fis face à mon ami.

« Je suis consciente que je te demande de croire à l'incroyable, mais c'est bien le magasin où j'ai acheté le manuscrit.

– Veux-tu qu'on demande dans le voisinage si cet antiquaire était là le mois dernier et si… ?

– Inutile, fis-je en le coupant. Tu t'es déjà livré à cette enquête. Et on t'a déjà répondu…

– Il y a certainement une explication. »

Nous nous mîmes en marche. Nous étions mal à l'aise l'un et l'autre. Je maudis notre idée de renvoyer le taxi. Il m'était brusquement pénible d'être dans cette rue avec Hans en proie au doute. Comment aurait-il pu en être autrement ? Je sentais moi-même mes certitudes vaciller. Songeait-il, à l'instant, que je lui faisais perdre du temps, qu'il aurait dû être à son travail ? Il me consacrait une grande partie de ses loisirs avec cette traduction. Les aventures vécues par Karl Würth jouaient sur le registre du fantastique, il n'était nul besoin, de mon côté, de forcer le trait. Brusquement, je me remémorai la vision que j'avais eue, dans ce magasin, en me penchant sur le miroir de Lewis Carroll – la forêt, la neige, apparues et disparues le temps d'un vertige. Je me réjouis de n'en avoir pas parlé à Hans Ingelbrecht, ayant eu l'intuition que le secret sur ce point était indispensable. Qu'aurait-il répondu ? Son mutisme, sa gêne apportaient la réponse : il ne m'aurait pas crue, sans saisir pour autant la raison de ces histoires – vérité ? affabulation ? Pour l'heure, le constat du mystérieux déménagement de ma boutique m'ôtait jusqu'à l'envie de lui raconter le fruit de mes recherches sur Schumann et sur Brahms, et les conclusions que j'en avais, hâtivement, tirées. De même, je ne le questionnai pas sur l'avancement de sa traduction. J'aurais été trop triste qu'il m'annonce qu'il renonçait à la poursuivre. Malgré notre malaise, il me fit un grand sourire. Nous étions parvenus sur une artère passante ; le temps de lever la main, un taxi s'arrêtait à notre hauteur. D'un seul coup, comme un ciel balayé de ses nuages, son front s'éclaira. Il me sourit.

« Continuons nos recherches. Désolé de m'être montré dubitatif. J'ai été un peu déstabilisé.
– Tu sais que je vais à Rügen ?
– Je regrette de ne pas entreprendre ce voyage avec toi. Je crois... »
Il hésita, fit une moue et reprit :
« Je crois, en dépit des apparences, que l'adresse de l'antiquaire était la bonne, et qu'il y a une explication rationnelle que nous n'avons pas pu découvrir. Je n'ai interrogé qu'un voisin. Qui me dit qu'il a compris ce que

je lui demandais ? Qui nous dit que ce magasin n'a pas été là de façon furtive ? À peine ouvert, son propriétaire aurait compris qu'il courait à la faillite dans un endroit pareil. Il aurait alors fermé boutique. Je vais continuer mon enquête, et bien sûr poursuivre la traduction, ne t'inquiète pas. Et pour tout dire, j'y prends un goût *gewaltig* ! Énorme ! »

J'étais partie pour Rügen dans la foulée. Le voyage en train m'avait permis de faire le point sur mes intuitions et, en même temps, de continuer à enquêter sur les rapports de Brahms et de Schumann. J'avais déployé sur la banquette, en face de moi, les dossiers et les livres que j'avais rassemblés avant mon départ, en vue de ce voyage. Je savais ce que je cherchais : j'avais été saisie, dans la lettre que Johannes Brahms avait écrite au conseiller Blume, par la comparaison qu'il avait faite avec les personnages d'Hoffmann, et je voulais en avoir le cœur net, sans me laisser impressionner par l'incroyable coïncidence qui m'avait alors sauté aux yeux. Brahms, qui signait ses lettres et ses récits Karl Würth, et parfois Kreisler, un musicien fou inventé par Hoffmann, prêtait ce nom à son maître ! Plus étrange encore, il évoquait aussi, dans cette lettre à propos de son ami malade, une autre figure hoffmannienne, Serapion : « Je considère que l'on ne peut trouver la véritable et meilleure illustration de celui-ci que dans certains personnages de E.T.A.

Hoffmann, Serapion... » Serapion ? Un aristocrate excentrique, qui vivait reclus dans une forêt et avait pris ce nom depuis qu'il avait eu les mêmes visions que le vrai Serapion, un écrivain chrétien retiré dans le désert de Libye au IVe siècle pour y mener une vie d'ascète. Hoffmann s'était inspiré de cet homme, qui ne parvenait plus à faire la distinction entre ses prétendues hallucinations et la réalité. Pour décrire les troubles de ce personnage qu'il avait invité dans sa fiction, Hoffmann avait défini le « principe de Serapion », auquel il croyait de toutes ses forces. « Le temps est un concept aussi relatif que le nombre », affirmait l'écrivain. Il avait dès lors mis en œuvre ce principe dans chacune de ses histoires pour proclamer sa vision de la réalité : le poète, le musicien, l'artiste est un voyant qui a accès à l'Autre Monde, vers lequel il navigue par le biais de ses rêves et de ses visions – non pas des hallucinations, mais des entrevisions de l'envers du monde qui portent tous les accents d'une prophétie. J'avais frémi en lisant ces lignes, tandis que le train que j'avais pris à Stralsund filait en direction d'Ostseebad au milieu d'une campagne blondie par le soleil d'été. Une idée commençait de se profiler. À sa lumière, les pièces disparates de cette histoire s'assemblaient comme celles d'un puzzle. Johannes Brahms avait-il réellement vécu ce qu'il racontait, ou reportait-il l'expérience de Robert Schumann, qu'il était allé voir dans son asile, seul, et avec qui il s'entretenait des après-midi entiers ? Était-il allé, ensuite, vérifier le bien-fondé des affabulations ? Car Schumann aussi avait beaucoup voyagé. Il aimait sillonner l'Allemagne et, dans ses périodes de doute artistique, il se consolait de ses difficultés à composer en partant le plus loin possible, et souvent le plus seul possible, même si Clara, entre deux grossesses, s'appliquait à mettre ses pas dans les siens. Cette mise en abyme, ce jeu de miroirs entre les deux hommes, deux musiciens, deux amis, ou encore un maître et son disciple, un père et son fils de cœur, Schumann et Brahms s'y étaient souvent amusés. Schumann s'affublait des noms de ses compositions, jouait d'ubiquité, filant d'une figure à l'autre, d'un monde à l'autre. Tout me parlait en lui, et chez lui. J'ai toujours aimé, chez Schumann, cette fantaisie de s'être créé un double parce que cette idée éveille en moi la vieille tentation du départ, de l'évasion vers un ailleurs inaccessible aux autres, tandis que mon double resterait sur place, à satisfaire les attentes des êtres que j'aime mais dont l'amour me plongeait dans une panique profonde à cause de ma difficulté même à répondre à leurs attentes. Cette notion du double m'habite depuis l'enfance. Un double géographique d'abord : un lieu qui serait non pas mien, mais moi. Un double à la rencontre duquel j'ai toujours tendu par la suite, et que j'ai trouvé chez certains compositeurs, au premier chef desquels Brahms. J'aime l'idée de cet autre jumeau, tel que l'a conçu le poète Yeats, pour qui notre double est notre envers, notre contraire, notre complément – celui que nous ne sommes pas et que nous ne serons jamais, mais qui nous hante. Celui que je rencontre parfois en concert, lorsque l'heure est magique et l'interprétation accomplie.

Étais-je si originale en caressant cette idée ? Fallait-il que je m'emballe en reportant cette fascination sur le couple Schumann-Brahms ? Après tout, depuis la nuit des temps, l'homme a rêvé son double, et cette idée, suggérée et stimulée par les miroirs, les fontaines ou les lacs, n'a jamais cessé de fleurir dans les différentes cultures. Ce double, Pythagore l'a figuré sous les traits d'un être cher : « Un ami est un autre moi-même. » Platon l'a imaginé en nous-mêmes, tel un être d'ombre qui nous agiterait sourdement, et dont il faut savoir reconnaître l'existence. Dans les mythologies et les fabliers, ce double vient chercher les hommes pour les mener à la mort. Ainsi, en Allemagne, apparut le *Doppelgänger*, et en Écosse le *Fetch*. Edgar Allan Poe a créé William Wilson dont le double est la conscience qui finit par le tuer et par mourir à son tour. Dostoïevski aussi a exploité largement cette idée : elle l'a hanté dans presque toutes ses œuvres ; elle a triomphé dans *Les Frères Karamazov*. L'œuvre de Stevenson décline à l'infini ce thème : la plus célèbre de ses histoires, *Docteur Jekyll et Mister Hyde*, raconte comment une potion laisse le double surgir chez un homme doux mais trop curieux, et comment ce dédoublement lui est fatal. Mais c'est la légende de *Ticonderoga* dont il a relaté la tragique balade qui nous éclaire le mieux sur cette idée d'un face-à-face avec cet autre soi-même et qui annonce une mort prochaine. Soudain, je me rappelai ce que racontent les juifs sur ce sujet : pour eux, l'apparition du double ne présage pas une mort prochaine, elle apporte la certitude d'avoir atteint un état prophétique. Et voilà que dans ce train, en feuilletant la documentation que j'avais emportée avec moi, je tombai sur une note évoquant un autre auteur allemand, qui a sans doute écrit l'histoire la plus troublante et la plus mystérieuse sur cette notion du double et de sa perte. Une histoire qui a inspiré bien d'autres écrivains après lui : Adelbert von Chamisso, l'auteur de *L'Étrange Histoire de Peter Schlemihl ou l'homme qui a vendu son ombre*. Il n'y avait rien d'époustouflant dans cette note, et j'allais la laisser de côté, quand ces lignes d'Adelbert von Chamisso attirèrent mon attention : « Je ne suis nulle part de mise, je suis partout étranger – je voudrais trop étreindre, tout m'échappe. Je suis malheureux [...] Puisque ce soir la place n'est pas encore prise, permettez-moi d'aller me jeter la tête la première dans la rivière. »

Je retins mon souffle, alertée, le cœur battant. Mon intuition me soufflait que je venais de mettre le doigt sur une pièce du puzzle, un élément fondamental dans l'histoire qui me préoccupait depuis plus d'un mois. D'une main tremblante, je tournai les pages pour revenir en arrière, sur les chapitres qui concernaient la vie de Robert Schumann. Je n'avais pas rêvé : Robert Schumann, qui s'était jeté dans le Rhin pour avoir voulu trop étreindre quand tout lui échappait, jusqu'à sa raison et la cohérence du monde, avait mis en musique la poésie de Chamisso. Et enfin, plus étourdissant, plus vertigineux, si étrange que je me glaçai : Chamisso était l'ami de E.T.A. Hoffmann. Il avait fait partie du groupe des «Frères de Serapion», qui se réunissaient dans un estaminet, une fois par semaine, pour se raconter les plus étranges de leurs aventures, à partir de quoi Hoffmann avait élaboré le principe du même nom. Or ce groupe s'était constitué au retour d'un long voyage entrepris par Adelbert von Chamisso, poète et botaniste. Un voyage ? Plus que cela : Chamisso le poète avait abandonné la littérature pour s'adonner à la science. Et c'est comme botaniste qu'il avait embarqué en 1815 sur un vaisseau russe, le *Rurik, pour entreprendre un voyage d'exploration des mers et des terres du Grand Nord.*

*

Rügen est un paradis pour les oiseaux, pour les promeneurs et pour les mélancoliques. La saison estivale battait son plein, mais il n'était pas difficile d'imaginer l'attrait que cette île avait aux yeux de Brahms, épris de marche et de beauté. On y parlait alors ce rugueux plattdeutsch qui avait été la langue de son père, et quelque chose de son enfance, dans la rude musique des mots, l'avait rejoint ici. Les plages de sable blanc s'étiraient infiniment contre les franges bleues de la mer Baltique. Avec ses bras de terre qui s'égaillaient dans l'océan, ses marais et ses lagunes, ses forêts primaires et ses falaises escarpées, l'île s'enroulait et se déroulait en circonvolutions, en baies, en îlots, en hauts-fonds qui composaient une mosaïque riche de tous les verts et de tous les bleus. Rügen, pour avoir appartenu à l'ancienne République démocratique d'Allemagne, avait été préservée de l'exploitation touristique à outrance et, dans une sorte de sursaut vital, la RDA, juste avant de s'écrouler, avait accordé à de nombreuses parties de l'île le statut de parc national. Aussi la retrouvait-on, presque intacte, telle que le XIXe siècle l'avait dessinée, avec ses maisons à larges balcons, ses dentelles de ferronnerie, ses gloriettes et ses façades de bois peintes d'un blanc immaculé, d'où émergeaient, parfois, des toits ronds et pointus d'ardoise. On a retrouvé, dans cette nature prolixe, des traces de la présence humaine qui remontent à dix mille années. De cette époque, il reste des tombes couvertes d'énormes blocs de pierre savamment organisés que les habitants de l'île appellent les «tombeaux de géants». Loin du seul désir de légende, il faut admettre que seuls des êtres gigantesques peuvent avoir suffisamment de force pour ériger ces pierres. On dit aussi que les falaises merveilleuses sont le cimetière de coquillages préhistoriques, ceux d'organismes unicellulaires accumulés ici depuis des millions d'années, et que chaque gramme de cette craie recèle cinquante mille fossiles et parfois des fragments d'ambre.

Je n'avais pas retrouvé la trace de l'hôtel qu'avait occupé Brahms, une auberge située sur la petite hauteur du Fahlrenberg, où il passait ses soirées couché dans un hamac, à contempler les couchers du soleil, si j'en croyais les souvenirs de son ami, le jeune Georg Henschel, venu passer quelques jours auprès de lui, d'une façon si délicieuse que le jeune homme avait raconté qu'il n'avait jamais perdu le souvenir du jour où il était reparti, comme d'un tableau qui n'était fait que «de landes, de nuages et… de Brahms». Au premier abord, dans ce que je découvrais de la petite station de Sassnitz, blottie au creux d'une combe creusée dans les falaises déchiquetées qui m'avaient fait rêver quand je les avais contemplées sous le pinceau de David Caspar Friedrich, rien ne rappelait les paysages et les taïgas évoquées par Karl Würth. Le littoral du nord-est de l'île, plat et fangeux, s'élevait progressivement jusqu'aux falaises de craie des Stubbenkammer qui surplombaient les côtes de la Baltique. De leur hauteur, la couleur de la mer variait entre le plus turquoise et le plus intense des bleus, selon que le soleil riait ou que des troupeaux de nuages roulaient à l'horizon.

Le premier soir, sur le conseil de l'hôtelier, je filai prendre place dans le Königsstuhl, le « siège du roi », au bout d'un promontoire rocheux qui se dressait presque à la verticale, à quelque cent mètres au-dessus de la grève. Depuis le haut de ce pic, la vue était grandiose et je pouvais entrevoir, à l'intérieur de l'île, la masse profonde d'une forêt de hêtres réputée impénétrable. Plus loin, les éclats de miroir des bras de mer brisaient le continuum des landes, des prairies et des marais. Il me faudrait plusieurs jours pour comprendre le caractère labyrinthique de cette île, qui vous enroulait tel un escargot dans la coquille de ses terres. Le souffle de la mer répondait au vacarme des oiseaux, si nombreux par endroits que les toits semblaient ployer sous leurs plumes et leurs conversations affoler les arbres.

Je compris tout de suite le choix de Brahms, qui avait préféré ces ciels au tapage des villes d'eaux à la mode pour composer, enfin, cette *Première symphonie* que Robert Schumann avait appelée de ses vœux avant de mourir. Brahms avait alors vingt ans. Il avait attendu vingt-trois ans pour exécuter ce projet qui eût rendu pleinement heureux « Schumann, le grand génie, le maître », comme il l'avait appelé en lui dédiant le *Requiem allemand.* Ainsi, à quarante-trois ans, avec au cœur la mort de Robert Schumann et celle de « sa vieille mère Johanna », deuxième dédicataire du *Requiem,* il était venu là pour parler, à sa manière, c'est-à-dire en musique.

Depuis la mort de Schumann, l'Allemagne était entrée dans une sensibilité différente de celle des romantiques dont la voix, à laquelle Brahms était si fort attaché, s'était éteinte sous la poussée du réalisme naissant. Darwin avait répondu aux ondines du Rhin, qu'il n'invitait pas dans sa théorie de l'évolution. Les faubourgs des villes s'emplissaient de fabriques et l'exode rural avait commencé, avec son lot de misères, que Max Klinger saura dénoncer dans ses œuvres. Un peu partout, la beauté des paysages commençait de subir l'altération industrielle. L'exploitation minière éventrait les campagnes. Les premiers hauts fourneaux crachaient leurs premières pestilences. Il y avait, dans le cœur du compositeur, ces deuils – ceux du maître, de la mère, de l'amour paternel avorté par le refus de Julie Schumann de l'épouser, et celui du bonheur bucolique auquel auraient présidé l'art et le cycle des saisons –, il y avait aussi sa vision du monde, toujours probe, idéaliste, et sombre. On retrouve dans la *Première Symphonie* la densité de ses vues et, d'une certaine façon, la sombre désolation de ces solitudes, qui éclate dans le premier mouvement.

J'étais arrivée à Rügen avec l'idée que, peut-être, Brahms avait vécu ici l'expérience relatée par Karl Würth dans les feuillets en ma possession. Je commençai à réfléchir à une tout autre hypothèse : Brahms était venu vérifier, lui aussi et avant moi, la part de vécu des visions qui avaient emporté Robert Schumann dans l'enfer de la folie. Il n'y avait rien d'impossible à cela. Rügen, autrement nommée Bouïane, était l'Éden des mythologies slave et saxonne, et Karl Würth avait annoncé immédiatement le propos de son récit : il avait retrouvé les vestiges du Paradis. Robert Schumann, lui, en avait entendu la musique, celle magnifique et intolérable des anges et du Cosmos, et je me souvins brusquement, comme en écho, du vers de Rimbaud : « Son jour ! l'abolition de toutes souffrances sonores et mouvantes dans la musique plus intense. » Et davantage encore, d'une façon plus vertigineuse, sous la plume de l'Homme aux semelles de vent qui avait traversé, dans ses errances, les grands espaces du Nord, son poème *Dévotion* qui répondait, image pour image, à l'expérience de Schumann : « Sa cornette bleue tournée à la mer du

Nord », « l'herbe d'été bourdonnante et puante », « ce saint vieillard, ermitage ou mission ». Et que dire des derniers vers, qui sonnent comme un tocsin les pleurs de Schumann et les terreurs de Würth : « Ce soir à Circeto des hautes glaces, grasse comme le poisson, et enluminée *comme les dix mois de la nuit rouge* – (son cœur ambre et spunk) – pour ma seule prière *muette comme ces régions de nuit* et précédant des bravoures plus violentes que ce chaos polaire. À tout prix et avec tous les airs, même dans des voyages métaphysiques. – Mais plus *alors*. »

Pouvait-on mieux exprimer l'expérience de ce séjour en enfer qui avait terrassé Robert Schumann, hanté par les hommes rouges et les démons qui revenaient le torturer jusque dans le havre de sa maison ? Pouvait-on le dire mieux que Rimbaud, ce passant de l'enfer ? Je vacillai. Chamisso était-il revenu de ses explorations du Grand Nord riche, lui aussi, de cette découverte, de cette vision qu'il avait gardée pour le très petit cercle d'initiés des « Frères de Serapion », à qui Schumann s'était intéressé de près ? Ces « Frères de Serapion » qui avaient posé comme principe l'existence d'une autre dimension – ce que la physique quantique mettrait en évidence des décennies plus tard ? Un envers du monde, un autre monde dont notre monde connaît quelques passages secrets, et qui parfois surgit dans la sève d'un arbre ; un monde tout proche, écrit à l'encre invisible et que révèlent la musique, les rêves et la poésie, pour nous dire que nous sommes, nous les descendants d'Adam et d'Ève, de la déesse Herta et du premier homme sur Terre, les héritiers d'un paradis que nous sommes incapables de reconnaître dans les beautés qui nous entourent et que nous profanons chaque jour un peu plus pour complaire aux démons rouges du Profit. « Les loups vont répondant des forêts violettes : À l'horizon, le ciel est d'un rouge d'enfer », a encore écrit Arthur Rimbaud, et je pesai, de toute la tristesse qui m'avait brutalement submergée, le poids exact de ces paroles. Oui, les loups répondent *de leurs vies* des forêts violettes qui, comme eux, connaissent l'extermination et l'éradication. Je songeai encore à la respiration des arbres ressentie par Karl Würth, par tous les pores de son âme, à celle de l'écorce du chêne géant. Je songeai à sa chute à l'envers dans le ciel et aux ivresses douloureuses de Schumann quand, des galaxies lui venait la musique intensément sonore des sphères et des anges. Aux loups abattus sur ordre d'un ministre en France, traqués en Sibérie, mis à prix aux États-Unis, tous ces loups à qui un temps j'avais failli préférer la musique ! Mais la musique sonnerait-elle encore en plénitude dans l'instant de leur mort ?

*

J'ai pris la résolution d'écrire, tous les jours, dans mon journal, un compte rendu des souffrances de notre planète. Je relaterai ici les tortures, les viols, les meurtres et les mauvais traitements que nous lui infligeons, pour ne plus m'écarter de ma route qui est, depuis Salem où je suis désormais résolue de revenir vivre, de me battre aux côtés des loups de toutes mes forces et de toutes celles de la musique. Sur ce sujet, j'ai décidé de devenir méchante. De ne plus épargner personne. Comme les journalistes qui continuent de parler de beauté au lieu de piano quand ils m'interrogent, il y a ceux, tout à fait impertinents, autant dire manquant dramatiquement de pertinence, qui continuent de nous parler de sujets frivoles, au lieu de nous ouvrir les yeux sur la dramatique situation dans laquelle nous nous entêtons.

Il y avait longtemps que je n'avais plus regardé ces questions de près, chiffres en main. Il est vrai qu'elles apparaissent de moins en moins à la une des journaux, monopolisées par des questions qui n'engagent que l'instant, et jamais l'avenir – l'avenir, le futur de nos enfants. D'emblée, il a fallu que je réduise mes notes à de courtes dépêches pour tenter de tout dire, tant l'ensemble se révèle accablant. Il n'existe pas un seul domaine qui apporte un semblant d'espoir et de joie à ceux qui sont engagés dans le combat écologique, le seul combat qui vaille aujourd'hui, un combat d'ordre spirituel par ce qu'il exige d'attention aux autres, de concessions, de renonciations, d'humilité, de fraternité, et de vision mondiale du bonheur.

J'avais décidé de classer les déprédations par élément, avec le souhait que l'un d'eux serait peut-être moins atteint. Le ciel ? L'Agence américaine océanique et atmosphérique (NOAA), le plus fiable et le plus célèbre des instruments d'analyse de l'air, a averti que la concentration de CO_2 avait dépassé le seuil symbolique des 400 ppm. L'agence apporte ainsi la plus flagrante des pièces à charge sur le rôle de l'activité humaine dans le réchauffement climatique, que quelques cyniques inconséquents et criminels s'évertuent à nier. « Depuis les premières mesures, spécifie la dépêche, les courbes croissent sans discontinuité. » Jamais, jusqu'à la révolution industrielle et au recours massif aux énergies fossiles, ce taux n'avait dépassé les 300 ppm. Et il est resté inchangé pendant les huit cent mille années qui ont précédé. Les prélèvements dans la calotte glacière en témoignent. Des sophistes avanceront que trois millions d'années auparavant, la Terre a connu le même taux d'émission de CO_2, tandis que sa température était supérieure de deux à trois degrés, et que la planète n'a pas disparu pour autant. Ceux-là omettent de préciser qu'en ces temps préhistoriques, les calottes polaires étaient plus petites et le niveau des mers supérieur de vingt mètres à celui d'aujourd'hui. Que les mathématiciens, les passionnés de schémas et les géographes s'amusent à calculer ce qu'il resterait des continents si le niveau des mers montait de vingt mètres !

Non seulement les émissions de CO_2 augmentent, mais elles augmentent à une vitesse sidérante. S'il a fallu à la nature des centaines de millions d'années pour modifier les concentrations de CO_2 à travers des processus naturels, comme l'enfouissement du carbone, nous avons mis moins de cent ans pour le déterrer et le brûler. Nous allons *un million de fois plus vite que la nature*.

Il y a pire encore : le cabinet de conseil Pricewaterhouse Coopers prévoit un réchauffement global de six degrés d'ici 2100, sauf si des réductions d'émission drastiques de CO_2 sont réalisées dans les cinq prochaines années. Mais qui s'en soucie aujourd'hui ? Que sont devenues les belles promesses et les grandes décisions des sommets de Rio, Kyoto ou Copenhague ?

L'augmentation des émissions de CO_2 n'a pas pour seule résultante la hausse des températures et, en conséquence, la fonte des glaces – calottes arctique et antarctique et glaciers montagneux –, elle provoque aussi l'acidification des océans. Le PH des eaux marines diminue d'une façon *alarmante*. « Alarmante », au sens premier : qui nous donne conscience d'un grand danger. En vérité, l'acidité des océans a progressé de trente pour cent depuis le début de la révolution industrielle. Je sursautai encore en lisant que les mers les plus vulnérables sont *la mer du Nord et la Baltique* ! Mais les zones tropicales ne sont pas épargnées par les effets secondaires de cette acidification. Que démontrent les recherches sur ces effets secondaires ? Les espèces ayant des coquilles, qu'il s'agisse du plancton microscopique *à la base de la chaîne alimentaire*, des coquillages, des mollusques ou des coraux, éprouvent de plus en plus de difficultés à les fabriquer et dès lors sont amenées à disparaître.

Déjà, des petits paradis sont atteints. L'Agence océanique et atmosphérique a déclenché une alerte. On trouve, par dizaines, des lamantins et des dauphins – tous deux des mammifères – morts dans les lagons de la rivière Indienne, en Floride. Leurs cadavres décharnés gisent dans les marais sans qu'on trouve une explication à ces morts. En trois mois, cinquante et un dauphins, cent onze lamantins et quelque trois cents pélicans ont disparu de cette façon inexplicable. Le fléau semble *foudroyer* les animaux. Les lamantins meurent si vite qu'ils n'ont pas le temps d'avaler la nourriture qu'ils ont dans la bouche, tandis que les dauphins et les pélicans semblent, eux, succomber à la faim. Meurent-ils tous de la même chose ? Les scientifiques sont incapables de répondre à cette question, ignorant les causes de cette attaque soudaine – bactéries ? pollution ? carences mortelles ? La réponse est cachée quelque part dans le lagon, fragile écosystème qui a trouvé son équilibre dans celui des trois mille cinq cents espèces de plantes et d'animaux tous dépendants les uns des autres. Les raisons tiennent-elles dans la sécheresse prolongée, et tout à fait inhabituelle, suivie du froid paradoxal qui a sévi dans cette région il y a quelques années ? Ces conditions météorologiques ont-elles perturbé l'écosystème au point d'entraîner des dérèglements en chaîne ? L'Indian River Lagoon s'étend sur trois cents kilomètres le long de la côte de Floride. Il est l'estuaire le plus riche de vie de toute l'Amérique du Nord : prés salins, mangroves, récifs d'huîtres, aires de reproduction des poissons, et l'une des nurseries les plus actives pour les tortues de mer. Hélas, l'eau des stations d'épuration avoisinantes, le déversement de produits toxiques, les engrais agricoles drainés par les pluies se déversent par tonnes chaque jour. En 2001, dopée par ces déchets, une algue a envahi le nord du lagon, dont les eaux sont devenues vertes, opaques, et elle a étouffé les autres espèces, telles les herbes de mer dont se nourrissent les lamantins. L'algue verte, dont Karl Würth décrit la prolifération puante... Elle sévit aussi en Bretagne. Les émanations de sulfure d'hydrogène que produit sa décomposition sont si fortes qu'elles ont tué un cheval et gravement intoxiqué des humains, heureusement secourus à temps. Elles sont apparues à la suite du déversement massif d'engrais agricoles qui finissent dans les rivières et les nappes phréatiques. En l'an 2000, la consommation mondiale d'eau était de quatre milliards de mètres cubes par an, et dépassait déjà les capacités de renouvellement des réserves. En l'état actuel, la chaîne agroalimentaire utilise deux mille litres par jour pour nourrir un être humain.

Et la Terre ? Notre pauvre Terre ? Les forêts, indispensables à la préservation de la biodiversité et à l'absorption d'une partie des gaz à effet de serre, se réduisent comme peau de chagrin. Cent cinquante millions d'hectares de la forêt amazonienne ont disparu en quarante ans. Un tiers de la deuxième forêt du monde, celle du bassin du Congo, a été confiée à des exploitants forestiers privés.

Quant aux sols, partout sur la planète, ils sont épuisés. Les scientifiques ont beau répéter que la vie sous toutes ses formes puise ses aliments dans la terre, qu'il s'agisse des bactéries, de la végétation naturelle ou des plantes cultivées, rien n'y fait. Les argiles, composées de poussière de minéraux, recouvrent les sols d'une pellicule de plus en plus sollicitée, maltraitée, et qui s'érode sans espoir de reconstitution. Ce terreau fécond qui nous nourrit s'épuise désormais plus vite qu'il ne se reconstitue. Au rythme de cette érosion, comment subviendrait-il aux besoins des dix milliards d'individus qui vivront sur la planète à la fin de ce siècle ? Quant aux sols qui ne sont pas encore épuisés, ils étouffent sous les déchets, crèvent de pollution, meurent sous le béton des villes et des voies de communication... Et que faisons-nous, à part montrer du doigt les deux puissances émergentes, la Chine et l'Inde, que nous accusons d'être les grands pollueurs de la planète, alors que nous nous sommes empiffrés, et que nous continuons à le faire ? Nous qui n'inventons rien, nous qui ne renonçons à rien, donnons-nous au moins le bon exemple ? Nous persistons dans cette consommation et ce gaspillage mortifères, sans remords, puisque nous avons désigné les grands coupables. Et nous faisons pire encore : nous laissons croire aux jeunes générations que le progrès, « celui qu'on n'arrête pas », résoudra ces questions, somme toute secondaires au regard du confort acquis et des révolutions scientifiques à venir. Il suffit de lui faire confiance, comme à notre bonne étoile.

Je cesse pour ce soir. J'ai envie de pleurer.

*

De tous les sites de Rügen, Stubnitz s'annonçait comme celui qui pouvait le plus probablement correspondre au décor maléfique de Karl Würth. C'était une forêt de hêtres intouchée depuis l'origine, où s'ébattaient des cerfs et des sangliers, les seuls capables de passer dans les parties touffues de son sous-bois qui souvent s'effondrait en combes profondes, ou de traverser les étendues marécageuses qui s'insinuaient à sa lisière. Je l'avais aperçue du haut de mon promontoire, elle semblait embrasser la côte et se cogner contre elle. Dans sa fièvre, Würth avait-il vu en elle la montagne qui barrait le monde ? L'hôtelier, les guides touristiques soulignaient la présence singulière des arbres de cette forêt, qu'ils décrivaient comme autant d'êtres pétrifiés, qui avaient un jour dansé, bougé, murmuré. « Penchés dans une attitude figée, les arbres donnent l'impression d'être pétrifiés dans une valse gracieuse », spécifiait mon prospectus, sans doute pour alléger la sensation vaguement menaçante qui se dégageait du lieu. Il vantait aussi les taillis où les fleurs abondaient en mosaïque de couleurs tant étaient nombreuses les familles d'anémones, d'hépatiques, de primevères et d'orchidées rares. Le bois faisait d'ailleurs la joie des botanistes du monde entier.

J'étais partie tôt le matin, pour traverser la forêt à pied, à l'écart des sentiers battus. À cette heure, ils n'avaient pas encore attiré la foule, à qui les plages souriaient davantage. À peine avais-je pénétré sous les frondaisons que le soleil parut s'éteindre. Je levai les yeux. Le feuillage était si dense que pas un rayon ne le perçait et le vert bronze de sa couleur virait au noir. Je marchai ainsi une bonne heure, dans un silence profond. La relecture des pages de Karl Würth, la veille avant de m'endormir, l'étude attentive des lithographies de Max Klinger que j'avais emportées, et quelques rêves troubles, effilochés par des images monstrueuses que le réveil avait immédiatement effacées, m'avaient mise en condition pour croire aux maléfices de la forêt, à des présences pernicieuses. Dans le demi-jour, pas une ombre qui ne prît une forme banale; dans le dessin des branches, pas une armature qui n'évoquât des configurations inquiétantes, là des cornes, là le profil d'un démon, ici le dos bossu d'une sorcière. On eût dit que ces branches, comme les fils d'une toile d'araignée, cherchaient à retenir le promeneur dans leurs réseaux. J'accélérai le pas, tantôt dévalant des ravines, tantôt enjambant des petits ruisseaux.

Au bout d'une heure de marche, la canopée s'éclaircit. Le plaisir que j'éprouvais à l'idée de m'extraire de cette atmosphère funeste disparut dès que je découvris la nature du sol qui faisait miroir au ciel. La boue verte et spongieuse d'un marécage, couvert de lentilles d'eau, s'étendait à perte de vue. Un vivier de crapauds et de couleuvres se mit en branle à mon arrivée. Ce n'était pas vraiment la mousse en décomposition décrite par Karl Würth, mais la concordance des lieux et des paysages me troublait. Je suivis la lisière des marais d'un pas plus rapide. Je savais où je voulais aller. Je désirais, avant la fin du jour, atteindre le cœur de la forêt que crevait le Herthasee, le lac Hertha où se baignait la déesse. J'y parvins après une marche éreintante et lorsque, au détour d'un bosquet, il se découvrit enfin à ma vue, je m'immobilisai, stupéfaite. Sa forme tout d'abord : il était parfaitement rond, tout comme la clairière de Karl Würth, ou plutôt, rond comme un miroir retenu au sol par les longues branches des arbres qui, depuis la grève, plongeaient en ses eaux. C'était un lac, et je ne sais pourquoi, j'eus l'impression d'un puits, n'était-ce, en son centre, la présence d'une île. C'était dans ce lac que l'humanité avait connu son épiphanie, prétendaient les légendes saxonnes. Tout y ramenait. L'idée même d'une île au centre d'un lac, lui-même au centre d'une île, suggérait la magie d'anneaux déployés à l'infini, et ces légendes, Johannes Brahms les avait étudiées avec attention. Son ami Julius Allgeyer l'avait initié aux *Stimmen der Völker* qu'avait recensés le philosophe et poète allemand Herder, mentor du jeune Goethe et initiateur du mouvement romantique du *Sturm und Drang*, « Tempête et passion ». C'est Herder, le premier, qui avait exhumé les traditions populaires nordiques, et Brahms avait éprouvé comme une révélation à la lecture des chants primitifs qu'il avait recueillis.

On y contait la déesse Herta et ses métamorphoses ; les trois Nornes, ces tenancières du destin qui réglaient l'avenir des habitants des neuf mondes et vivaient au pied d'Yggdrasil ; Yggdrasil, l'Arbre-Monde..., tout avait été rassemblé dans ce recueil. Fidèle à l'esprit de ces contes, Brahms avait composé, pendant l'internement de Robert Schumann, les *Quatre ballades op. 10* en hommage à son maître, contre l'agonie de sa raison, et en souvenir des heures de deuil «crépusculaires» qu'il avait partagées avec Clara. Le choix n'était-il pas étrange, sauf à admettre que Schumann avait confié à son «jeune aigle» la source de ses visions ? Il avait d'ailleurs applaudi ce quatuor d'œuvres depuis sa cellule psychiatrique, et avait invité Clara à partager son enthousiasme. Ses commentaires prenaient un tout autre relief à la lumière de mon hypothèse. Qu'avait-il écrit ? «Comment définirai-je cette troisième ballade ? Démoniaque – vraiment splendide et devenant de plus en plus mystérieuse après le pp du trio.» Brahms était revenu sur ces thèmes vingt-trois ans plus tard, *à son retour de Rügen* ! Comment n'avais-je pas fait le lien plus tôt ? Mais pourquoi l'aurais-je fait, alors que je n'avais pas encore établi de rapport entre les hallucinations de Robert Schumann et les récits de Karl Würth ? Ainsi, Johannes Brahms avait écrit *Quatre ballades et romances pour deux voix, avec accompagnement de piano* quand il était rentré à Vienne, après son séjour à Rügen. Dans cette nouvelle version, il avait repris le thème d'*Edward*, qui racontait un parricide, sur un ton plus dramatique encore que dans la première ballade, puis dans la deuxième, *Guter Rat (Bon conseil)*, Brahms exposait un dialogue entre une mère et une fille. Faisait-il allusion à la conversation qu'avaient dû tenir Clara Schumann et sa fille Julie, que Brahms avait demandée en mariage ? Et la dernière ballade ? Je m'immobilisai tout net. La dernière... Mais bien sûr : la dernière, il l'avait appelée *Walpurgisnacht,* la nuit de Walpurgis ! le Sabbat des sorcières dans la mythologie du Nord.

Profondément ébranlée par mes découvertes, impressionnée par le paysage, je me mis à chercher un moyen pour gagner la petite île où subsistaient les vestiges du temple dédié à la déesse Herta. Le lac n'était pas si grand que je ne puisse en faire le tour. Je marchai sur la grève jusqu'à ce que j'aperçoive une allée, un ponton de bois et, au bout du ponton, une barque dont un jeune couple prenait possession. Je les hélai de toutes mes forces en pressant le pas.

« Merci de m'avoir attendue », fis-je en me laissant tomber sur un banc de bois, à l'arrière de l'esquif.

Ils allaient eux aussi visiter l'île, mais ce n'était pas leur premier trajet. D'ailleurs, ils n'étaient pas en vacances mais en voyage d'études. Ces deux Anglais, tout en ramant vers l'autre rive, m'apprirent qu'ils étaient entomologistes, à savoir, précisa la jeune femme, sous son grand chapeau de toile et dans un beau sourire, des scientifiques spécialisés dans l'étude des insectes. J'étais heureuse de la diversion qu'ils m'apportaient. Les voir avait allégé le poids qui oppressait de plus en plus ma poitrine. Je pris conscience en leur parlant de l'extrême tension nerveuse dans laquelle ma promenade, la forêt, la découverte des marécages m'avaient plongée. De leur côté, ils semblaient ravis de partager leur passion avec une inconnue, et ils commencèrent à me raconter leurs travaux avec cette fluidité d'échanges que donnent seules, quoique rarement, les rencontres de voyage. Alors on parle tout naturellement, sans calcul ni réserve, parce qu'il n'y a pas d'enjeux. Souvent, j'ai reçu, lors de ces croisements de route tout à fait aléatoires, des confidences, des paroles sincères, des aveux même que jamais les amis les plus anciens ne m'avaient accordés aussi spontanément. Les deux Anglais étaient venus travailler sur cette île et y faire des prélèvements, car elle offrait, ainsi que la côte et les archipels voisins, la plus grande diversité d'écosystèmes, avec les terres basses de la côte nord-ouest, les plages de sable fin, les marais salés, les landes couvertes de bruyères et les vastes forêts. Des ornithologues leur avaient vanté les lieux. L'île sert en effet de refuge à la cigogne blanche – et ils s'étonnèrent que je n'en aie pas encore remarqué sur les toits –, au cormoran, aux huîtriers et à l'effraie des clochers.

« Cette région de la Baltique est l'une des haltes favorites de nombreux oiseaux migrateurs en route vers le sud », m'expliquait William, et je me rappelai brusquement la légende du cygne et l'épidémie de grippe aviaire.

À la fin de l'été, la bernache du Canada commence à arriver, bientôt suivie par d'autres espèces d'oies et de canards en provenance de l'est. En automne, les grues s'y regroupent par dizaines de milliers. En fait, Rügen était, en Europe, leur plus longue escale au cours de leur voyage. Tous les oiseaux migrateurs s'y rejoignent.

Je chassai, une fois encore, le spectre de l'épidémie qui pouvait se préparer ici, dans ce lieu paradisiaque. Ils continuaient de parler avec passion des oiseaux. Ils insistaient sur les aires de nidation vitales pour le pic noir, le grand corbeau et le gobe-mouches nain. J'avais le vertige.

« Avec un peu de chance, on nous a dit que nous apercevrions également le pygargue à queue blanche, autrement dit l'aigle de mer.

– Je vous croyais spécialistes des insectes, fis-je en posant un pied sur l'île.

– Exact ! me dit June en riant. Mais notre constat n'est pas aussi joyeux. Nous sommes ici pour faire le relevé de certaines espèces qui, hélas, disparaissent comme neige au soleil. »

J'écoutai, non pas d'une oreille distraite. Rien ne pouvait m'intéresser davantage, mais je cherchais des yeux le temple et, je dois l'avouer, l'Arbre de Karl Würth.

« Le constat établi par l'Agence européenne de l'environnement est alarmant : en vingt ans, la moitié des lépidoptères des prairies ont disparu en Europe, reprit William.

– Une tendance représentative du déclin de la plupart des autres insectes, et donc de la biodiversité et de la santé générale des écosystèmes, a déploré notre directeur, Hans Bruyninckx, dans un communiqué. Et il a ajouté que si nous ne parvenons pas à maintenir ces habitats, nous pourrions perdre beaucoup de ces espèces pour toujours. Or, ajouta June en citant son chef, la pollinisation que ces insectes réalisent est essentielle pour les écosystèmes naturels et l'agriculture. »

Nous marchions, mais je ne voyais toujours pas d'arbre si exceptionnel qu'il m'aurait évoqué immédiatement Yggdrasil. J'étais partagée entre la déception et le soulagement. Mes compagnons de route continuaient leur exposé. Ils vantaient la richesse de l'île où, fort heureusement, les lépidoptères restaient nombreux, alors que, selon l'étude de leur agence qui portait sur l'évolution de dix-sept espèces des prairies entre 1990 et 2011, huit avaient décliné, dont l'argus bleu. Si deux d'entre elles étaient restées stables, comme l'aurore, pour huit espèces, comme l'hespéride du chiendent, en revanche, la tendance était "incertaine".

« Argus, hespéride... Mais quels sont ces insectes qui portent de si jolis noms ? fis-je, brusquement alertée par les notes d'une musique au piano qui assaillait ma mémoire.

– Les lépidoptères ? Oh, pardon ! Mais ce sont les papillons ! Ils sont remarquablement nombreux sur celle île. Au printemps surtout. Personne, s'il a eu la chance de les contempler à cette saison, ne peut oublier le spectacle de leurs nuées. »

Personne... Et sans doute pas Robert Schumann, s'il était de ceux qui étaient venus ici et les avaient admirés ? Comment en douter ? N'avait-il pas composé ce morceau qui continuait de résonner en moi, *Les Papillons* ? Ce morceau *précis*, qui illustrait les énigmatiques propos de l'écrivain Jean Paul dont il s'était inspiré : « La musique est le pays des âmes au même titre que les masques sont le pays des corps. »

*

« Incroyable et incohérent. »

C'est par ces mots qu'Hans Ingelbrecht avait commencé notre conversation au téléphone. Il avait terminé la traduction du manuscrit, et c'est elle qu'il qualifiait de ces épithètes définitives.

« Je vais t'adresser les feuillets par la poste, mais il manque des pages au texte original. Ce ne sont plus que des bribes de l'histoire. Je ne sais si c'est volontaire de la part de l'auteur, ou si des pages ont été déchirées, ou encore si elles ont été perdues. Je crois que tu auras besoin des lithographies de Max Klinger pour décider de leur ordre et éclairer l'ensemble.

– Pourquoi ?

– Je te laisse découvrir les raisons. Quant à moi, je ne te dirai rien de plus. Je me suis fait ma petite opinion, mais je ne veux pas t'influencer. Nous confronterons nos idées quand tu auras lu ces pages, à ton tour. »

Je lui communiquai mon adresse à Rügen, où j'avais décidé de rester quelques jours encore pour terminer le tour de l'île, par pur acquit de conscience. Si l'île avait un rapport avec le voyage de Karl Würth – et les coïncidences troublantes étaient nombreuses qui me poussaient à le croire –, ce ne pouvait être qu'au lac d'Herta. Mais ce lac ne m'avait rien livré de ses secrets. Je n'avais pas trouvé d'arbre qui ressemblât, de près ou de loin, à l'idée qu'on pouvait se faire d'Yggdrasil. À mon retour d'excursion, j'avais interrogé l'office du tourisme, mon hôtelier, et jusqu'à l'organisme en charge des forêts, pour savoir s'il avait existé, un jour, un arbre exceptionnel qui aurait répondu à ce signalement. Personne ne m'avait confirmé cette hypothèse.

« Dis-moi, m'interrogea encore Hans Ingelbrecht avant de prendre congé. Tu m'as bien dit que tu avais acheté un miroir chez l'antiquaire de Hambourg ? »

Je crus qu'il avait des nouvelles à me donner sur la disparition ou le déménagement mystérieux de mon brocanteur.

« C'est exact, ainsi qu'une clef dorée. Mais je vais te décevoir. J'ai appelé New York où je l'ai fait livrer pour demander l'adresse de l'expéditeur, et il n'y en avait pas. Elle a dû être malencontreusement arrachée pendant le voyage, ou aux douanes. Tu as du nouveau ? Tu as parlé à d'autres voisins ?

– Non. Ma question n'avait aucun rapport avec l'antiquaire. Je voulais être sûr de l'information, car, tu verras, il est question de miroir et de jeux de miroir dans ce récit. Enfin, pour abonder dans ton sens, sais-tu ce que j'ai découvert ?

– Concernant Brahms ?

– Oui. À la suite des hallucinations de Robert Schumann, il a écrit des pièces pour piano et tenu un journal. Jusque-là, rien d'extraordinaire. Mais ces pièces et ce journal, il désirait les publier sous pseudonyme, et comme pseudonyme, il avait choisi Kreisler, le nom du musicien fou inventé par Hoffmann.

— Celui-là même qu'il avait donné à Robert Schumann ?

— Tout à fait ! L'ensemble qu'il avait rédigé et composé, il voulait l'appeler *Feuillets du journal d'un musicien, publiés par le jeune Kreisler*. Il avait envoyé le tout à son vieux maître, Marxsen, en lui demandant conseil. "Qu'en pensez-vous ? Ce titre vous plaît-il ? Je dois avouer que je serais ennuyé de devoir l'abandonner."

— J'ignorais cette anecdote. Que sont devenues ces pièces, et ces feuilles ?

— Personne n'en sait rien. Elles ont disparu. On a avancé que Brahms les aurait peut-être détruites sur le conseil de Marxsen. Aucun document, aucun témoignage n'atteste qu'il l'eût fait.

— Ainsi, rien ne nous empêche de prétendre qu'il s'agit des récits que j'ai en ma possession, la musique en moins ?

— Jusqu'à preuve du contraire, rien ne nous l'interdit. Allez… Je te laisse, je file à la poste avant qu'elle ferme, pour t'expédier ces dernières pages. »

Je restai longtemps sous le coup de cette dernière révélation. Ainsi, après l'internement de son maître, Johannes Brahms avait bien écrit une sorte de journal, et il avait voulu laisser croire que Robert Schumann, qu'il voyait comme un double de Kreisler, l'avait publié. Si cette théorie se vérifiait, alors il devenait évident que

Brahms, dans un jeu de miroir qu'il multipliait à l'infini, avait signé ses feuillets Karl Würth...

Les découvertes de Hans avaient ravivé ma curiosité et décuplé mon désir de lire la suite du manuscrit. Les adjectifs qu'il avait accolés à sa traduction m'avaient mis l'eau à la bouche, mais je n'aurais pas le texte avant un jour ou deux. Alors, pour tromper mon attente, je repris la biographie de Brahms, afin d'étayer mon hypothèse. Pour cela, je voulais étudier de plus près la relation qui avait fait couler beaucoup d'encre, celle de Johannes Brahms et de Clara Schumann. Ce n'était pas la nature de leur amour qui m'intriguait – platonique ou pas –, ni de savoir s'ils avaient été amants, ni combien de temps cette liaison aurait pu durer. Ce qui m'intéressait, c'était le thème que Hans Ingelbrecht avait souligné. Un thème qui m'était cher, celui du double et des jeux de miroir entre différents artistes, différents destins. J'avais déjà consacré un disque à cette question, que j'avais appelé *Réflexions*, pour inviter, dans le même espace-temps, Robert Schumann, Clara Schumann et Johannes Brahms. J'aimais cette idée de leur faire écho, de mettre en évidence les liens secrets, les complicités, les prédestinations plus fortes que les choix. Et voilà que ce manuscrit, ce jeu de signatures, d'alter ego, relançaient la partie.

J'ai souvent remarqué combien l'histoire aime à se répéter, combien la destinée d'un être se rejoue dans celle d'un autre. Dans le jeu de miroir entre Brahms et Schumann, il y avait, déjà, la similitude de leur amour et de leur entrée en scène amoureuse. Comme Johannes Brahms le ferait des années plus tard chez les Schumann, Robert Schumann avait poussé la porte de Friedrich Wieck, grand musicien, immense professeur de piano, sur les recommandations d'une amie, pour lui demander de lui donner des cours d'écriture musicale. Robert Schumann avait alors dix-huit ans, tandis que la jeune Clara, que son père formait au piano en la soumettant à une discipline de fer, n'avait que neuf ans. Encore enfant, Clara contemplait ce grand garçon, parfois sombre, parfois joyeux, avec les yeux éblouis d'une petite fille pour un grand frère. Comment Friedrich Wieck aurait-il pu imaginer que quelques années plus tard, après que Robert se serait éloigné pour voyager et tenter d'étudier le droit, ce dernier regarderait la toute jeune femme de seize ans, aux yeux d'azur, avec un cœur troublé de désir ? Robert Schumann, de son côté, avait-il vu un rival dans ce jeune Johannes au visage d'ange, d'une beauté androgyne, à la voix frêle et si féminine qu'il tenterait, jusqu'à l'âge de vingt ans, de la casser pour la viriliser ? Quand Wieck avait compris que son prodige était en proie aux élans de l'amour, il était trop tard. Sa fille Clara aimait, et elle était aimée en retour. Elle aimait, comme on aimait à l'époque, dans une quête de l'absolu. Quant à celui qui l'aimait, il avait dévoré les œuvres de Jean Paul que les jeunes contemporains apprenaient comme une liturgie secrète, avec une dévotion digne du chevalier face au Graal. Robert Schumann avait fait son idole de cet écrivain au point de transfigurer tout l'univers, qu'il entendait comme un concert mystique. Johannes Brahms, quand il avait rencontré Clara, était plongé dans les écrits de Helder qui avait développé une nouvelle théorie du langage et accordait au seul musicien la pleine capacité de dire le monde. Convaincu de cette vérité, Brahms allait dédier une grande partie de ses œuvres à Clara et à Schumann.

Aux yeux de Robert Schumann, le refus que Friedrich avait opposé à sa demande en mariage n'était qu'une invitation à dépasser l'obstacle, à le sublimer. Le tourment était son atmosphère et la conquête de l'aimée sa résolution. Comment aurait-il pu renoncer ? Il avait trouvé sa muse, l'effigie féminine par excellence que ses frères en génie cherchaient de toutes leurs forces, et parfois jusqu'à en mourir. La femme aimée était cet éternel Ailleurs dont tous avaient la puissante nostalgie. Clara et Robert se voulaient. Ils s'étaient promis l'un à l'autre, et rien, ni les complots de Friedrich Wieck, ni les médisances que ce père abusif avait répandues sur son élève, ne les écartèrent l'un de l'autre. Pour enfin s'épouser, ils durent, quel qu'en fût le chagrin de Clara, traduire

Wieck en justice… « Le plus beau jour de ma vie », avait écrit Clara dans son journal à l'heure de leur mariage. L'année qui avait suivi, Robert avait composé pour elle, dans leur bonheur mutuel, plus de cent quarante chansons d'amour et de poésie pure.

Et Brahms ? À ses yeux aussi, la femme aimée était un éternel Ailleurs ; un astre impossible à atteindre, interdit par l'âge, mais au lieu des toutes jeunes filles que la littérature posait en modèles, il avait préféré la figure de la mère. Il avait porté à la sienne une adoration qui débordait les attentes de cette pauvre femme. Et en Clara, c'est la mère qu'il avait encensée. N'avait-elle pas mis sept enfants au monde quand il l'avait rencontrée ? N'était-elle pas enceinte du huitième ? Brahms l'avait ardemment aimée. Il le lui avait avoué, écrit, mais il l'avait tout autant avoué et écrit à Robert Schumann, lorsque celui-ci était interné. « Je suis rentré ici la veille de Noël ; combien la séparation d'avec votre femme m'avait paru longue ! Je m'étais tellement habitué à son exaltante compagnie, j'avais si agréablement passé près d'elle tout l'été, et j'avais appris à l'admirer et à l'aimer à tel point que sans elle tout me semblait insipide et que je ne désirais qu'une seule chose : revenir auprès d'elle. »

Avait-il, un jour, osé franchir le pas qui sépare l'ami de l'amant ? Lui qui illustrait les lettres qu'il lui adressait de dessins enfantins et lui parlait de ses soldats de plomb, lui avait-il jamais fait la cour ? Il s'était déclaré, certes, mais quoi de plus, chez ce jeune homme qui avait opéré une séparation absolue entre l'amour idéal et la satisfaction des sens, et qui passait ses nuits chez les prostituées ? Lui qui ne cesserait jamais d'avoir recours à l'amour tarifé ? Cette douleur au bord de l'extase que l'on entend dans l'œuvre de Brahms, qu'est-ce, sinon la musique de l'amour pur, le plus pur, le plus fulgurant – l'amour impossible ? Nul ne saura jamais jusqu'où le fol amour de Brahms trouva de réponse dans celui de Clara. D'un commun accord, les deux décidèrent de brûler la plus grande partie de leur correspondance. Mais, au fond, cela avait-il la moindre importance ?

La fusion des corps, ils la vivaient en musique, en communion avec Robert Schumann, dans un partage qui devait être incompréhensible aux yeux de la société et qui ne cessa pas pendant l'internement du compositeur. Celui-ci, isolé, reclus volontaire dans son asile, avouait dans ses lettres à Clara qu'aucun être au monde, hormis elle, ne lui inspirait plus d'amour et d'admiration que Johannes. Les notes furent les jeux amoureux de ces trois-là, et leur musique, les enfants qu'ils eurent ensemble. Parfois, Brahms reprenait les thèmes de Schumann qu'aimait particulièrement Clara et brodait des *Variations* sur leur canevas. Il ira même jusqu'à travailler le thème en *mi bémol* qui harcelait Schumann pendant sa maladie. Quant à ce dernier, depuis son asile, dans ses rares moments de lucidité, il confessait à Johannes qu'il renaissait dans ses compositions : « Ta seconde sonate, mon cher ami, m'a beaucoup rapproché de toi. Je vis en ta musique à tel point que je peux presque la jouer à vue, un mouvement après l'autre. » Et lorsque Clara, pour Noël, lui adressa le portait de Johannes qu'elle avait fait exécuter pour lui, c'est Johannes Brahms que Robert Schumann remercia : « Ce portrait qui m'est familier, je sais quelle place il va avoir dans ma chambre, *tout à fait bien sous le miroir.* »

Un jour, beaucoup plus tard, il avait alors trente-six ans, répétant à l'infini ce jeu des correspondances, Johannes Brahms avait demandé à Clara la main de sa fille Julie, de douze ans sa cadette, tout comme Robert avait demandé la main de Clara à Friedrich Wieck. Brahms était-il vraiment tombé amoureux de cette fillette qu'il avait vue grandir, la troisième et la plus jolie des enfants Schumann, recopiant ainsi l'aventure de ses parents ? Ou désirait-il donner une suite à cet amour en trois personnes, en faisant à Julie, à qui il avait dédié ses *Variations sur un thème de Schumann op. 23*, les enfants que ne pouvait pas lui donner Clara ? Quand Julie déclina l'offre en répondant par l'annonce de ses fiançailles avec un comte italien, Brahms se sentit profondément meurtri et, de ce jour, renonça à jamais à convoler.

Mais il ne renonça jamais à chérir Clara, partageant avec elle, jusqu'au bout, les idéaux des créateurs de leur siècle qu'ils déployaient en musique, loin l'un de l'autre, lui en composant, elle en interprétant lors de ses multiples récitals de piano, dans l'Europe entière, le génie de son époux. Leur façon de vivre et d'aimer incarnait la logique romantique – transfiguration de l'amour dans la transfiguration de la nature, sacralisation de la musique et de la poésie, l'une dans l'autre et l'une par l'autre, et dévoilement de la vérité dans l'expérience artistique la plus haute.

Je refermai mon livre, ébranlée par la découverte de ces rapports infiniment plus subtils qu'une lecture rapide le laissait supposer. Dans notre siècle qui ne laissait plus aucun territoire à l'intime, qui exigeait non pas de tout savoir, mais de tout voir, il était difficile d'accepter que Brahms n'eût sans doute jamais connu l'amour physique avec Clara, et plus encore, qu'il n'eût jamais voulu le connaître. Il était inouï de considérer que cet amour charnel, d'haleines mêlées, de bouches et de corps fondus l'un en l'autre, cette jouissance et ces spasmes de joie, ils les avaient connus ensemble, tous les trois, mais dans l'éloignement et sublimés dans la musique la plus pure. Jouer Brahms oblige à retrouver cette intensité poétique, à traduire cette présence amoureuse, presque physique, dans le paradoxe d'une distance éthérée. Plus que sur leur liaison, ne fallait-il pas plutôt que je m'interroge sur ce qui les avait portés tous les trois – leur insurrection prémonitoire face au monde froid et scientifique qu'ils voyaient se profiler ? Leur amour empêché n'était-il pas leur supplique pour que le merveilleux, tout le merveilleux, jusqu'au merveilleux de la présence de l'homme dans le monde, soit leur testament et nous rappelle l'essence de notre destin et le sens de notre histoire ?

*

Je reprends mon journal avec le dernier rapport de *Planète vivante*, qui porte sur l'année 2012 et que vient de publier le WWF. L'effroi me saisit tandis que je l'écris : notre planète agonise sous l'insoutenable pression que nous lui faisons subir. Nous utilisons cinquante pour cent de plus de ressources que la Terre ne peut en produire de façon durable. Si rien n'est entrepris pour modifier ce comportement, *d'ici l'an 2030*, deux planètes supplémentaires ne suffiront pas à répondre à nos besoins. Deux planètes dont nous ne disposons pas. À l'extinction des espèces, à la perturbation du climat, à la désertification, aux famines, il faut donc ajouter le spectre des guerres qui feront rage pour s'approprier ces ultimes ressources.

Les signataires de cette étude, Jim Leape et l'astronaute hollandais André Kuipers, poussent un immense cri d'alarme – hélas, après combien d'autres auxquels nous sommes restés sourds ? Pour sauver notre maison, ils préconisent de s'attaquer aux racines mêmes du mal, la croissance de la population mondiale et la surconsommation. Mais comment y parvenir ? Comment amener les six milliards d'êtres humains et leurs gouvernements à cette prise de conscience ? Comment les persuader de mettre en œuvre, ensemble, sans arrière-pensées, les révolutions qu'impliqueraient ces deux restrictions ?

J'ai brutalement mesuré la transformation intérieure de chaque individu qu'exigera le changement de nos modes de vie. Qui pourra mieux nous y aider que l'art et la musique ? Eux seuls embrassent plus qu'ils ne séparent, posent le mystère de la Création et ouvrent le cœur et l'esprit à ce mystère. Ils s'offrent ainsi comme les recours universels à la crise écologique, qui est une crise spirituelle. Quel modèle, aujourd'hui, propose d'être, plutôt que d'avoir ? L'ascèse plus que la goinfrerie ? L'esprit, plutôt que la matière ? « La beauté sauvera le monde », dit le prince Muichkine, sous la plume de Dostoïevski, « la beauté, cette éternité ici-bas », et Boulgakov a ajouté : « Et l'art en est un instrument. » Jamais, comme à cet instant précis, la musique, parce qu'elle n'existe que lorsqu'elle s'incarne dans le jeu d'un interprète, ne m'a autant rappelée à mon devoir de création, ne m'a rappelé avec autant de force que je suis née pour créer, non pour détruire. Et tandis que j'écris cette phrase, les notes du *Deuxième concerto* déferlent autour de moi, et celles de son scherzo, qui intime l'ordre à qui le joue comme à qui l'écoute d'embrasser son atmosphère sombre et fantastique, et dès lors de se surpasser pour atteindre l'indicible élément spirituel qui le commande. Quelle étrange coïncidence, encore, que j'aie découvert les manuscrits de Karl Würth alors même que je répétais cette œuvre ! Comme pour m'aider à mieux saisir qu'à l'exemple de la musique, notre destin est un exercice de notre liberté. Comme elle, il doit opérer la coïncidence de la fin et du commencement. La fin : la dernière note, sublimée par toutes celles qui l'ont portée ; le commencement : le jardin d'Éden. Oui, même si je ne connaissais pas encore la suite du récit de Karl Würth, je comprenais l'analogie que sa littérature établissait avec ses compositions, et ses compositions avec l'histoire. Débarrassées de leur essence spirituelle, de leur rapport à l'ineffable et à l'invisible, les notes ne sont que de simples sons juxtaposés, des phénomènes physiques incapables d'engendrer une émotion, d'écrire une phrase, de susciter une communion. Débarrassés de notre essence créatrice, de toute vision, de tout désir de regagner l'Éden originel, nous ne sommes plus que de simples individus aux vies juxtaposées, acharnés à dévorer et à détruire, sourds au futur, aveugles au Paradis. Comme la musique, nos vies devraient suivre Faust quand, au lieu de chercher avec frénésie les nouvelles jouissances que lui a promises Méphistophélès, il demande à l'instant qui passe : « Arrête-toi, tu es si beau ! »

Suite du récit de Karl Würth

Personne jamais n'avait reçu pareille visite. Un loup. Car c'était un loup. Ce ne pouvait être un chien. L'empreinte était monstrueuse, et pourquoi était-elle unique ? La fièvre bondit dans mes veines. De faiblesse, je m'affaissai contre ma tente, la gourde dans ma main. Je la serrai convulsivement, à la façon d'un naufragé qui s'accroche à une bouée de sauvetage ; elle était le seul objet qui me reliait encore au monde ancien de la cohérence, de la raison et de l'ordre. Je gardai les yeux fixés sur l'empreinte, rêvant presque qu'elle disparaîtrait sous mes yeux et même je lui ordonnai mentalement de le faire, mais elle restait là, et cette présence logique, quand sa disparition aurait été pure sorcellerie, me terrorisait plus que tout. Un loup, mais de quelle espèce ? S'il était *vrai,* c'était un monstre. Le souvenir de la gueule menaçante surgissant de la brume, des yeux rouges et phosphorescents dans la phosphorescence des autres formes mouvantes me revint en mémoire. Quelques minutes auparavant, je m'étais persuadé d'avoir rêvé, et ce brusque retour à la réalité de mon cauchemar me fauchait les jambes. Que faire ? Partir ? Fuir ? Mais je n'en avais pas la force. Je n'avais même pas l'énergie suffisante pour me traîner jusqu'au lac, alors que je mourais de soif. Du verre me déchirait la gorge quand je déglutissais. Boire, au moins boire. J'irais mieux une fois désaltéré. Il me fallut un effort énorme pour me remettre sur mes jambes, dans cette soirée opaque qui, de nouveau, allumait sur le sol des fumerolles de brume. J'avais le temps, mais tout juste le temps, d'aller au lac et de revenir. Je titubai en direction de l'eau. J'avais fait dix pas à peine que je sus qu'ils étaient là. Tous. Je ne les voyais pas. Je les entendais encore moins, puisque je me mouvais toujours dans un désert sonore. Mais je les sentais. Je tanguai, à la recherche de mon équilibre, désireux de leur donner l'illusion qu'ils ne me faisaient pas peur, que je les ignorais. Pour la première fois, je me pris à m'interroger sur la nature du lieu où je me trouvais. Le paysage existait toujours autour de moi, inchangé : les landes, la tourbe, les rocailles et la ligne sombre de la forêt à laquelle je tournais le dos pour descendre vers le lac. L'heure était cendrée. Quelle était cette terre ? Il me parut soudain évident qu'elle était maudite. Des vivants – animaux, humains, et même végétaux –, je n'en voyais guère. J'étais dans un décor absolument minéral, sauf la forêt qui n'appartenait pas aux forêts que je connaissais. Tout baignait dans une mortelle torpeur, jusqu'aux sons, la lumière elle-même semblait vénéneuse. Depuis mon arrivée ici – et j'étais même incapable de dire depuis combien de temps se poursuivait cette aventure –, je n'avais jamais vu le soleil. Je m'interdis de regarder le ciel, pressentant une nouvelle mésaventure dans sa contemplation. Je me dirigeai vers le lac les yeux rivés au sol. Je refusais de relever la tête. Mes pas réveillaient une odeur putride. Elle remontait de la terre en vapeurs acides couvrant à peine les puissants remugles de fauve qui maintenant emplissaient l'air. Je m'obligeai à concentrer toute mon énergie sur le trajet jusqu'au lac, en m'interdisant de penser à autre chose, de regarder autre chose que mes pieds. Enfin parvenu sur la grève, je m'agenouillai et plongeai ma gourde dans l'eau glacée. Alors je découvris, avec horreur, que les vaguelettes provoquées par ma main dans l'eau *se réverbéraient dans le ciel*. Je levai les yeux, interloqué, et je vis ce ciel infernal gondoler, ondoyer en mouvements concentriques, les nuages se boursouflaient au passage des masses d'eau, se resserraient en grottes gazeuses puis s'étiraient de nouveau. Je ne saurais décrire le malaise que cette vision perfusa dans mes veines. J'étais plus mal qu'au lendemain d'une ivresse massive, et mon corps, affolé par l'hostilité de cet univers, me secoua de hoquets douloureux. Tandis que je me tordais sous les spasmes, je sus qu'ils approchaient. Je lâchai la gourde. Ma soif avait cédé au violent dégoût que suscitait désormais l'idée d'absorber quoi que ce soit en rapport avec ce ciel de mercure, consistant et mobile. Je ne sais comment je trouvai la force de me redresser et de leur faire face. Ce fut horrible. Ils étaient là, tous les animaux de la création, les lions et les girafes, les scorpions et les lièvres, les blattes et les lézards, les porcs et les aigles, les caméléons et les fourmis, et même les poissons, surgis du lac, des murènes qu'accompagnaient des cygnes, des carpes et des poulpes, des requins et des raies manta. Une marée d'animaux ou, plutôt, une marée de formes d'animaux, brumeux, vaguement lumineux, nimbés de fumerolles de vapeur. Tous avaient les yeux rouges. Et un loup, un loup colossal, les menait toujours plus près de moi. Alors, je compris que je n'avais pas affaire à une armée d'animaux, mais à une meute de fantômes d'animaux. Oui, c'étaient des spectres, leurs pattes ne touchaient pas le sol. Si j'avais tendu le bras, il serait sans doute passé au travers de leurs corps. Qu'avais-je à craindre d'eux, sinon ma propre folie ? Je levai la main vers eux, avec l'illusion qu'un mouvement de moi suffirait à dissiper cette vision, qu'alors ils se déliteraient, retourneraient au brouillard. Mon cœur me frappait à l'intérieur comme un bélier contre une porte et j'ouvris la bouche pour hurler. À cet instant, à cet instant précis, un son terrible, strident, insoutenable, déchira le silence. Non pas une note, mais toutes les notes concentrées en un seul *mi* bémol qu'auraient joué ensemble, de toute leur puissance, tous les instruments de la terre, cordes et vents, percussions et cuivres – l'envers de la musique, son fantôme. Et je compris que ce son *infernal* sortait de ma bouche.

[...]

Il me parle. Non. Il ne me parle pas ; je l'entends quand il me regarde. Il répond aux questions qui me hantent. Je suis malade, étendu sans savoir en quel endroit, trop fiévreux pour y réfléchir... sans doute dans ma tanière. C'est en venant me parler qu'il a laissé son empreinte. Je dormais, ou bien je rêvais. « L'homme qui rêve est toujours un enfant ou un sauvage », ai-je entendu dans ma tête ; j'ai ouvert les yeux dans ses yeux rouges et j'ai su que ces mots, dits avec ma voix, venaient de lui. Il me récitait des poèmes. Il me dit qu'il a visité tous ceux qui les ont composés.

Les loups jadis et naguère
Parmi l'obscur champ de bataille
Rôdant sans bruit sous le ciel noir
Les loups obliques font ripaille
Et c'est plaisir que de les voir.

Celui-là, il ne cessait de le répéter. À moins que ma fièvre... Son haleine me dévorait.

Je regarde le loup et je vois l'agneau ; il est debout, comme quelqu'un d'égorgé.

Il me dit qu'il est le symbole de tous les autres animaux. Il est leur spectre. Il peut prendre toutes leurs formes parce qu'il est solaire, Apollon ancien ou Bélénos. Il me dit que nous le haïssons parce qu'il est libre, parce qu'il est fort, parce qu'il est fécond. Sa semence fertilise royalement le temps et les saisons. Elle jaillit au ciel pour animer la grande roue des étoiles. Génie paysan et considérable nomade, rien ne le retient ni ne l'arrêtera, quoi qu'on ait tenté pour l'emprisonner dans les équinoxes d'hiver.

Voilà mille loups, mille graines sauvages
Qu'emporte, non sans aimer les liserons,
Cette religieuse après-midi d'orage
Sur l'Europe ancienne où cent hordes iront !

Il me dit qu'il est le remords du Paradis. Celui que nous n'avons pas su garder, que nous n'avons pas mérité, que nous n'avons jamais su regagner, que nous n'avons même jamais cherché à retrouver. Hélas ! Avec Adam et Ève, ce sont tous les animaux qui en ont été chassés. Depuis ils errent, spectres malheureux d'un âge d'or. Ce sont eux que j'ai vus – les fantômes que nous avons chassés d'Éden.

C'est pourquoi les hommes meurent comme des bêtes, et leur sort est égal. Comme l'homme meurt, les bêtes meurent aussi. Les uns et les autres respirent de même, et l'homme n'a rien de plus que la bête : tout est soumis à la vanité. Et tout tend en un même lieu. Ils ont tous été tirés de la terre, et retourneront tous dans la terre.

Il rit, les crocs dehors, de toute sa gueule qui est la gueule du monde. Depuis la Chute, il hante les fous et les poètes du souvenir du Paradis, il les obsède de l'antique puissance des loups. Pour cela, ses frères ont été chargés de toutes les peurs, pour qu'on ne se souvienne pas du temps où, couchés côte à côte, l'homme et le loup contemplaient l'Empyrée. Pour cela, on a prêté au loup nos propres pulsions de mort, nos compulsions d'assassinat. Pour qu'on ne se rappelle pas que, sans eux, nous ne sommes rien, nous ne serons jamais rien, nous sommes perdus. Noé... Noé, lui au moins, s'est sauvé du Déluge en embarquant toutes les bêtes dans son arche.

Qui connaît, si l'âme des enfants des hommes monte en haut, et si l'âme des bêtes descend en bas ?

Une douleur m'emporte, qui me ronge. Je ferme de nouveau les yeux. La nuit a-t-elle toute sa densité ? Le ciel redevient liquide. Vais-je rester pétrifié dans ce creux de paillasse, dans le souffle violent du loup ? Mais la clairière ? mais l'arbre ? mais les galaxies ?

Ô le plus violent paradis

Le ciel fondit sur moi. Je crus l'entendre rire encore. Tu n'as pas compris ? « À fantômes d'animaux, vestiges de Paradis. »

[...]

Au pied de l'Arbre,
Sous ses fruits pendant comme des étoiles
au centre du cercle parfait de la clairière

Dans l'herbe grasse, si verte,
Dans la musique stridente.
Le serpent s'ennuie.
Il bâille et se tourne vers moi.
Dans sa gorge, un miroir.

Que pouvais-je conclure à la lecture de ces récits ? Depuis mon départ de Rügen, je les avais lus mille fois. Par instants, leur sens me semblait clair. À d'autres moments, tout paraissait d'une ridicule confusion. Qui les avait écrits ? Brahms, alias Karl Würth ? Ou bien était-ce le pastiche d'un mauvais farceur ? Était-ce plutôt Brahms, alias Karl Würth, inspiré par Robert Schumann ? Dans une ultime lettre à Clara, le compositeur avait évoqué les anges qui le hantaient, et les ailes qui lui avaient permis de faire parvenir à Brahms ses dernières confidences et son cadeau d'anniversaire. Brahms avait-il tout inventé, lui que la littérature passionnait et, plus encore, lui que possédait l'esprit de son Nord natal ? Ou bien avait-il vraiment retrouvé des lieux, une lande, un arbre, une clairière à Rügen, qui faisaient écho aux hallucinations de Robert Schumann ? Avait-il retrouvé plus que l'envers du monde, *l'envers du*

Paradis ? Lors de sa dernière et longue visite à l'asile, puis au bord de la tombe où il était resté tandis que chacun venait jeter une pelletée de terre sur le cercueil, Brahms avait-il fait la promesse à Schumann de raconter son histoire et de dévoiler les sources de sa folie ? Il avait trouvé *l'envers du Paradis, ou bien son vestige, ses ruines...*

Et que penser encore de ce curieux miroir dans la gueule du serpent ? J'avais consulté avec attention les gravures de Max Klinger, certaine d'avoir vu quelque chose qui y ressemblait. L'une d'elles illustrait cette image. Il n'y avait aucune ambiguïté dans le dessin. Au pied de l'Arbre de la Connaissance du Bien et du Mal, Ève découvrait sa beauté dans le miroir que lui tendait, en bâillant largement, le serpent qui l'avait caché au fond de sa gorge. Au regard de l'Histoire, l'idée suggérée était formidable. Ainsi, l'esprit du Bien et du Mal naîtrait de la découverte de son moi, et de l'amour qu'on lui portait ? Réfléchir et se réfléchir ? La fin du Paradis aurait résulté du terrible châtiment d'être devenu sourd et aveugle au reste de la Création ? De s'être préféré à elle ?

Cette référence au miroir me troubla. Comme m'avait troublée, juste avant mon départ pour Rügen, les effets de miroir entre Brahms et le compositeur Hugo Wolf. Son destin instaurait un jeu d'images inversées, tel que l'était le paradis de Karl Würth au regard du véritable Éden. Hugo Wolf, en 1879, au retour du voyage de Brahms à Sassnitz, avait rendu visite à son aîné qu'il admirait avec tout l'enthousiasme de ses dix-neuf années, quoique wagnérien jusqu'au fond de son cœur. Hélas, Brahms l'avait reçu froidement et l'admiration de Wolf s'était retournée comme un gant. Elle s'était commuée en une haine obsessionnelle – celle de l'amour déçu. Toute sa vie, il était resté prisonnier de sa blessure, et il avait poursuivi Brahms de sa vindicte : « S'il vous reste tant soit peu de sympathie pour la musique de Brahms, c'est que vous n'êtes pas prêt pour ma musique », déclarait-il à ses amis. Il ne parvenait pas à se purger de cette détestation. Dans une sorte de mimétisme névrotique, il composait pour faire mieux que Brahms. Ses *lieder*, il en cherchait l'inspiration chez les mêmes poètes que Brahms : Mörike, Lope de Vega. Et, parce que Brahms avait atteint la quintessence de son art dans les *Quatre chants sérieux* qu'il avait dédiés à Max Klinger, Wolf composera les *Lieder d'après Michel-Ange*. Malade, rongé par la syphilis, délirant, Hugo Wolf fut finalement interné, comme le fut Robert Schumann ; et comme Robert Schumann, reclus dans sa folie, il sera possédé par la figure de Brahms, mais non pas dans l'amour : dans une haine inextinguible. Que Brahms existât le plongeait dans un état d'angoisse continu, ponctué de violentes crises d'agitation. Alors il se réfugiait dans la salle commune de la Maison d'aliénés de la Basse-Autriche, à Alsergrund, dans les environs de Vienne, hanté par la certitude que son aîné le persécutait. Pour se sentir à l'abri, il restait là, à la vue de tous, et «la plupart du temps à l'écart et le corps légèrement penché en avant, le regard fixé au sol, les mains enfoncées dans les poches, dans un état de visible agitation, mastiquant, une expression douloureuse sur le visage». Ses visions le terrorisaient. Ce qui le hantait perpétuellement ? Brahms venait l'écorcher vif et le dépeçait pour lui voler sa peau, comme Apollon avait fait écorcher Marsyas, le génial musicien de la mythologie.

*

J'étais en route pour Salem, profondément *retournée* par mon escapade à Rügen et par mes lectures. J'avais hâte de revoir les loups, de marcher dans ma forêt, de m'armer de toute la difficulté de la tâche entreprise là-bas, encore à recommencer, toujours à réinventer, de protéger une espèce dont on venait de nier le fait même qu'elle était menacée. Comme l'ours polaire, dont j'avais tout juste appris qu'on avait signé l'arrêt de mort en refusant d'interdire son commerce. Nous avions longuement discuté, Hans Ingelbrecht et moi, sur le sens à donner au récit de Karl Würth. Il semblait que nous ayions épuisé toutes les certitudes, et je ne sais pourquoi, par une sorte de curieuse intuition, j'espérais que le miroir et la clef d'or dévoileraient la vérité. « Aussi paradoxal soit-il, avait affirmé Hans, il y a un sens à cette aventure. Ce n'est pas un hasard si tu as poussé la porte de cet antiquaire, ce soir-là, à Hambourg, ni un hasard qu'il ait disparu, comme si tout avait été mis là pour toi, comme si cette petite fille t'attendait, toi, et nulle autre. Lisons les événements comme ils se sont produits, avec l'humilité de les recevoir tels qu'ils nous sont donnés, sans chercher à les comprendre mieux. » Dans la bouche d'un homme aussi sensé que cet ami, ces propos pouvaient faire sourire. Mais parce que c'était lui qui les prononçait, lui, spécialement lui, je leur accordai toute mon attention.

Que disaient ces récits ? Que racontaient les eaux-fortes de Max Klinger ? Qu'annonçait, dans le colloque avec soi-même qu'elle instaurait, la musique de Brahms ? À quoi nous invitaient ces analogies, ces jeux de miroir, l'art lui-même et les compositions que Brahms nous avait léguées ? Devions-nous nous regarder en elles pour nous comprendre ? Étais-je aveugle ? Tout nous parlait de la joie d'être au monde et de la douleur à y renoncer. Karl Würth évoquait la Terre comme le Paradis perdu, un lieu que nous avions profané pour le malheur de tout ce qui était vivant. Comment ne pas projeter son récit sur notre histoire, comment ne pas l'éclairer à la lumière de l'inventaire désespérant des désastres écologiques ? Le romantisme, qu'il a porté si haut, a-t-il été le dernier sursaut dont nous avons été capables contre la technique naissante, la raison à outrance, le divorce définitif qui s'annonçait avec la nature ? Pourquoi sommes-nous aujourd'hui aussi soumis ? Pourquoi sommes-nous incapables de désirer le Paradis, de nous inaugurer dans ce désir vital, « ce surcroît renaissant d'ardeur et de blancheur » ? Pourquoi sommes-nous incapables de nous ressaisir, pour nous *redonner, à nous et à nos enfants, un premier jour* ? Qu'imagine la science ? Invente-t-elle les moyens de nous restaurer dans le jardin d'Éden ? Hélas, dans notre obstination à profaner la Nature, ce gigantesque lieu de germination de la musique, ce laboratoire d'une création infinie, tout ce que la science imagine, c'est un aménagement confortable de notre exil originel. Capitonner les cellules de nos solitudes tandis que fondent, que se délitent, que s'évanouissent, que meurent petit à petit, animal après fleur, océan après glacier, toute la beauté du monde, le Paradis. Alors, contre cette destruction, contre sa menace, oui, depuis mon Centre, retrousser les babines, montrer les crocs, et me battre.

« J'ai trouvé une explication au miroir, et à ta clef d'or. S'il faut accepter tous les éléments du récit et admettre qu'ils ont un rôle dans ton histoire, alors, réfléchis à ce que propose le monde de l'autre côté du miroir de Lewis Carroll, puisque la glace que tu as achetée à Hambourg lui appartenait. Et lis ce conte des frères Grimm, tant aimés de Johannes Brahms. »

La carte, signée de Hans Ingelbrecht, accompagnait le tout petit livre qu'il m'avait adressé à Salem. Je l'ouvris. Le texte, le dernier des deux cents contes que les deux frères avaient créés, était court et je le lus, sans cesser de marcher vers ma maison, où j'avais demandé qu'on accroche la grande glace.

« Un hiver, comme le pays tout entier était recouvert de neige, on envoya un pauvre garçon chercher du bois. Avant même d'en avoir ramassé et d'en avoir chargé sa

luge, il était déjà gelé comme une grive. Il se dit alors qu'avant de rentrer à la maison, il allait allumer un petit feu pour se réchauffer. Il écarta la neige et, en tâtonnant par terre, il trouva une petite clef d'or. Une clef n'est jamais loin d'une serrure, se dit-il. Il commença à gratter de plus en plus profondément et, en effet, il découvrit une petite boîte en fer. Pourvu que la clef puisse l'ouvrir, pensa-t-il, elle contient certainement des objets de grande valeur. Il chercha le trou de la serrure mais ne le trouva pas ; il finit toutefois par le découvrir ; mais le trou était si petit que le garçon avait failli ne pas le voir. Il essaya la clef et, par bonheur, c'était la bonne. Il la fit tourner une fois – et maintenant, nous devons attendre qu'il ouvre complètement et qu'il soulève le couvercle ; ce n'est qu'après que nous saurons quels trésors il a trouvés dans la boîte. »

Quels trésors avais-je trouvé dans les récits de Karl Würth ? Dans la vie et l'œuvre de Johannes Brahms ? Des aventures d'Alice de l'autre côté du miroir, je m'étais souvenue de l'injonction de la Reine blanche, qui est de se souvenir du futur ; et des œuvres de Johannes Brahms, je m'étais rappelé que l'essence de la musique est dans le devenir. J'étais maintenant devant le miroir que j'avais acheté chez l'antiquaire, avec une curiosité inquiète qu'avivaient les mots d'Hélène dans *Faust* :

« Simple, j'ai troublé le monde ; double, encore davantage », et quelque peu troublée par le conte de Grimm. Le souffle court. Concentrée. Le miroir livrerait-il un secret ? Me délivrerait-il du mystère ?

Comme à Hambourg, je me penchai sur lui, dont le tain toujours abîmé par les ans dessinait la moire d'un papier à la cuve. Les imperfections brouillaient encore mon image, et plus encore l'arrière-plan que reflétait la glace. À peine ai-je eu le temps de me reconnaître, que j'ai retrouvé, derrière moi, le monde de neige et de nord, de forêts, de sapins noirs et de grands lacs gelés qui était mon monde. Salem. J'ai fait volte-face pour le regarder, dans sa vérité. Et tandis que je le contemplais, comme on contemple un visage aimé qu'on croyait perdu, j'ai entendu, clairement, résonner en musique les mots qu'aimait répéter Johannes Brahms : « Cherchez en vous-même, non en moi ! »

Composition : IGS-CP
Impression : CPI Firmin Didot *en septembre 2013*
Éditions Albin Michel
22, rue Huyghens, 75014 Paris
www.albin-michel.fr
ISBN : 978-2-226-25208-1
N° d'édition : 19037/01 – N° d'impression : 119514
Dépôt légal : octobre 2013
Imprimé en France